AF448671

GARDELIA

© 2020 - Daniel Tocchini

Autoría: Daniel Tocchini

Edición: María Laura Ferro

Diseño: Silvana López

Corrección: Jezabel Proverbio

Ilustración de tapa y viñetas: Javier Dubra

Conversión a digital: Tomás Caramella

ISBN: 978-987-86-7138-3

Tocchini, Daniel

Gardelia / Daniel Tocchini. - 1a ed. - Ciudad Autónoma de Buenos Aires : Daniel Tocchini, 2020.

Libro digital, EPUB

Archivo Digital: descarga y online

ISBN 978-987-86-7138-3

1. Narrativa Argentina. 2. Psicología. 3. Humanismo. I. Título.

CDD A863

Gardelia
DANIEL TOCCHINI

Aclaración

Esta novela la empecé a escribir en marzo de 2019, con el aporte generoso de Nora Álvarez en el apoyo teórico y en la construcción de la mayoría de los diálogos mediante el uso de *role-playing*.

Intentaba ser clasificada dentro del género de anticipación por concebir un futuro amenazante pero lejano.

Un año después, la pandemia de *Covid-19* acabaría con tal pretensión.

La realidad superó la ficción en marzo de 2020, apenas promediada la escritura.

Vale la aclaración, sobre todo, por cualquier suspicacia que pudiera despertar la historia.

Ni remotamente fue mi intención especular con el padecimiento que, aún a estas horas, debemos sobrellevar por tales circunstancias.

Es mi deseo que, a pesar de la desafortunada coincidencia, el texto sirva como generador de reflexión y esperanza.

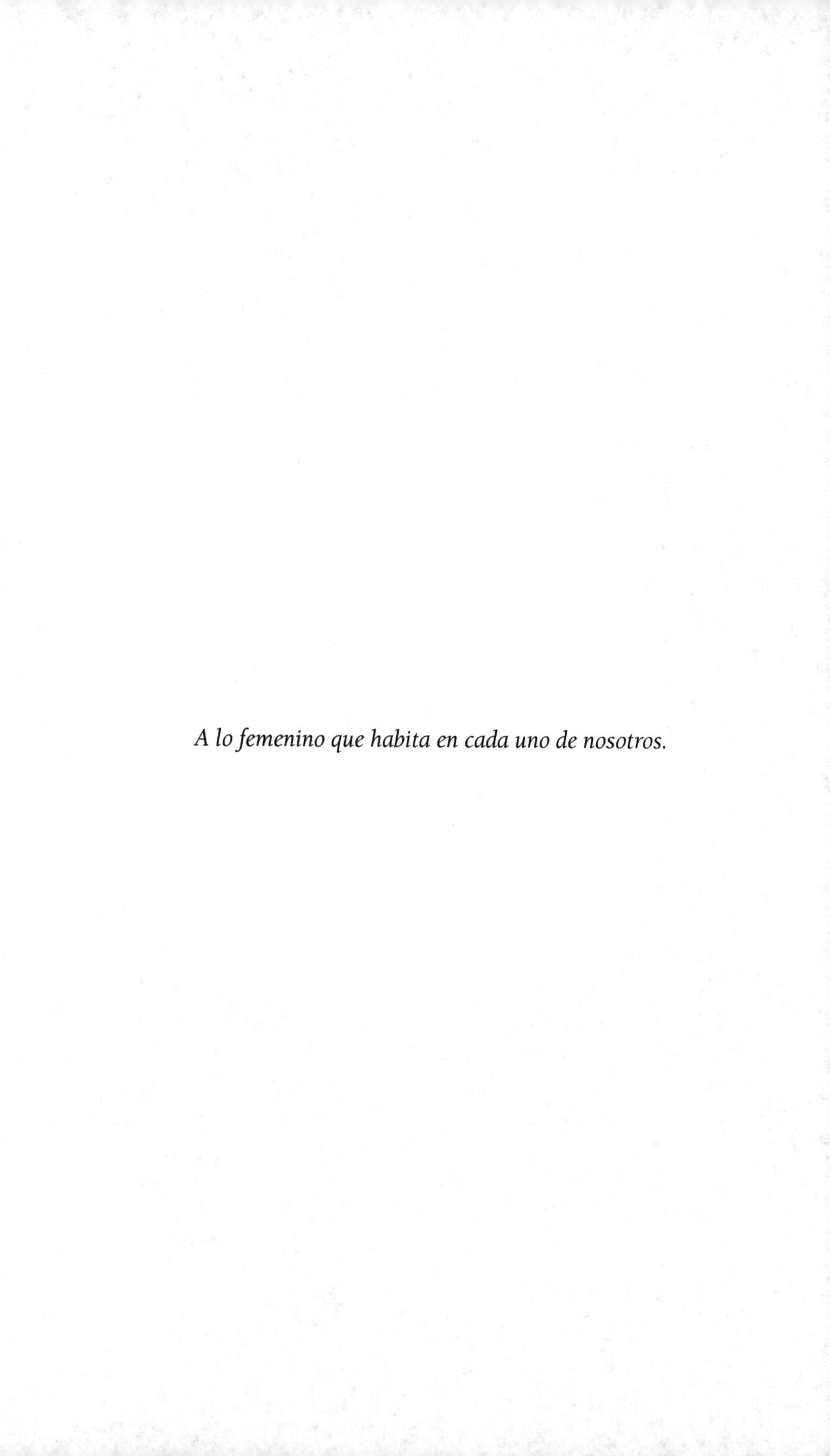

A lo femenino que habita en cada uno de nosotros.

PARTE 1

La Teoría

Una emoción

Vengan a ver qué traigo yo
en esta unión de notas y palabras,
es la canción que me inspiró
la evocación que anoche me acunaba…

Veinte de marzo de 2068, por fin, logré poner a punto mi invento: el *empatizador*. Ahora solo falta probarlo con otro ser humano.

Crecí en un mundo trastocado por la peste. Desde 2035, una sucesión de pandemias azotó el planeta con mutaciones virales cada vez más agresivas, que alternaron los contagios por aire con el más simple roce de piel con piel.

Pertenezco a la primera camada de niños educados en el "no contacto": cuando tenía cinco años, los Estados comenzaron a regular todo; de un día para otro, ya no se pudo besar, acariciar, ni siquiera tocar a otro ser humano sin protocolos de seguridad.

Sufrí mucho el repliegue afectivo de mis padres, a pesar de que mi papá me siguió abrazando, un poco para moderar los efectos de ese cambio tan brutal y también porque no podía evitarlo.

Hoy, con treinta y tres años, soy ingeniera neuronal y trato de explorar y resolver enigmas a microescala. Hurgo en el cerebro para entender cómo es esto de sentirnos vivos, con recursos tecnológicos que corren todos los días las barreras de las creencias y de la ética. Me obsesiona saber cómo se sentirían las emociones si el mundo fuera como antes…

Y no soy la única. Somos muchos los jóvenes *monógamos del conocimiento*: hemos desarrollado un amor por la ciencia que ocupa nuestras vidas casi como una religión; nos abocamos a encontrar soluciones a este presente tan complejo. Aunque crecimos en un tejido social de costumbres debilitadas, nos preguntamos por la existencia de un sentimiento que dé sentido a la humanidad.

Desde chica, me obsesiona saber cómo se sentirá estar unida a otra persona en cuerpo y alma. No me refiero a las sensaciones físicas, que se consiguen con infinidad de aplicaciones, no. Mi interés es comprender todas esas emociones y sentimientos que se ponen en juego en una profunda interacción con otra persona. Quiero saber de ese mundo que, por ahora, se perdió.

Eso sí, de la manera más aséptica posible.

Caminito soleado

Claro caminito criollo florido y soleado,
con pañuelo bordado, vos me viste pasar.
Mientras los pastos amigos que saben mi anhelo,
como un dulce consuelo, su verde saludo me hacían llegar…

Imagino que las ciudades representaban el ideal de la civilización. Hoy, son un triste alojamiento para quienes no tienen más alternativa que recibir la asistencia estatal, que, por cierto, nunca alcanza.

Entre los que podemos elegir, estamos quienes optamos por una vida solitaria en la tranquilidad de un entorno natural; los que prefieren permanecer con su familia, sometiéndose a los exámenes y el tratamiento médico estatal, y, por último, quienes quedan fuera del sistema, en comunidades aisladas, con sus propias reglas y bajo su responsabilidad.

Yo vivo en una de las últimas casas que lindan con el campo, herencia familiar, emplazada, originalmente, en un pueblo rural, no muy alejado de la Ciudad de Buenos Aires. Convertida ahora en uno de tantos lotes autónomos, donde cada propietario se autoabastece por medio de cultivos naturales, con los beneficios de la impresión 3D para generar cualquier producto necesario, y en contacto instantáneo con el resto de la humanidad a través de internet.

El entorno es armonioso y apacible, solo interrumpido por el tendido de los tubos plásticos transparentes del transporte público por donde se deslizan las cápsulas presurizadas individuales que unen todos los rincones del continente.

La mayor parte del tiempo permanezco en mi casa con mi compañero Pancho, un perro, medio dóberman, medio ovejero alemán, que custodia el terreno por las noches y a quien yo cuido y alimento durante el día, mientras trabajo en el interior de mi hogar en contacto con colegas de todo el mundo, procurando no alterar la vida del resto de los ciudadanos, a quienes no les urge lo mismo que a nosotros...

Como aquel zorzal inocente en el árbol cercano, que alterna entre hurgar en el suelo buscando con qué alimentarse y quedarse estático, como hipnotizado, con su propio arrullo de letanía melódica perpetua.

Y fue Gardel nomás...

... Cuando cantó por todos los amores.
Cuando cantó por todos los recuerdos.
Por los lugares vivos y entrañables,
por las historias hondas y los sueños...

Gardelia me puso mi padre al nacer, admirador del mítico cantante de tangos argentino. En un momento en que este género volvió a ponerse de moda y cuando muchos padres empezaron a registrar a sus hijos con los nombres de quienes fueran los principales exponentes desde 1900.

Toda mi infancia estuvo teñida de tango. Papá desmenuzaba con pasión las composiciones haciéndome apreciar por separado poesía, músicas e interpretación de las canciones que le resultaban geniales.

A eso se le sumaba el ritual del baile cuando, junto con mamá, me llevaban como acompañante a los periplos danzantes de cada fin de semana.

Lamento no haber aprendido a cantar. Hubiera hecho honor a mi nombre y, por ende, a la elección que hicieron ellos.

Él decía que, en el tango, estaban contadas todas las emociones posibles y que era pertinente compararlo con otro género aún más antiguo: el de la lírica. Le encantaba afirmar, no sé si con sustento, que los mejores tangos eran "óperas en miniatura".

En mi época adolescente, me liberé de esa influencia tenaz y casi invasiva, pero, cuando cursaba mis estudios superiores de Matemática Compleja, sin querer y como jugando, volví a conectarme con el tango. Me interesaba crear algoritmos para comparar miles de letras, no solo de la Argentina, sino de todo el mundo, con el propósito de formar grupos de tópicos comunes que permitieran establecer semejanzas descriptas de manera tan diversa.

Me hice conocida en el intento de llevarlo a cabo, a pesar mío, contactando con diversos fanáticos del mundo que colaboraron en el armado de un catálogo que pretendía ser una puesta en común exhaustiva.

Fui cuidadosa en mostrar seriedad en el emprendimiento, dado que es habitual cierta vehemencia que despierta el tango en todas las latitudes. No quería ofender a nadie en ese sentimiento nacionalista que persiste entre los eruditos hasta hoy, sobre su origen y sus antecedentes.

Fue solo intentarlo, sin poder avanzar mucho más allá de una prolija recopilación que ni siquiera pude articular en el diseño de la aplicación. Entendí que, para concretar mi objetivo, era indispensable conocer por mí misma de qué hablaba cada poeta, cada músico.

"El tango te alcanza recién a los treinta", afirmaba mi padre, como un axioma popular que se había convertido en filosofía para quienes vivían en el siglo xx.

No entendía el porqué de tal afirmación, pero tuve que rendirme a la evidencia. Mi limitado recorrido de vida estaba doblemente condicionado por el intento temprano de entender de qué hablaban los "mayores" cuando escribían lo que escribían y por el contexto del "no contacto", que hacía difícil conocer en "carne propia" matices de expresiones tan complejas que podían confundirse o pasar inadvertidos.

A pesar de todo, me quedó, desde entonces, la costumbre de servirme de los tangos para orientarme. Como una guía o una referencia de lo que experimentaron otros.

Un pensamiento lateral que, a veces, me hace evocar un título, una estrofa, la música, o todo junto, y que asocio, aun sin proponérmelo, con lo que voy viviendo, como recurso para completar mi propia realidad.

Un andador musical y poético que me ayuda a transitar la vida cuando me resulta difícil de comprender.

Con mi perro

Me lo dejaron cachorro
y a mi lado se hizo perro.
Se fue templando de a poco
como se templó su dueño…

Debido a una preocupación constante por saber qué es lo que siente Pancho, fabriqué, hace ya como diez años, una aplicación que se ha vuelto popular. Un pequeño implante por medio del cual algunas palabras que le digo y entiende me las devuelve como ladrido haciendo que el dispositivo traduzca el significado preciso. Así, él va asociando esas pocas palabras y armando su propio vocabulario.

El experimento derivó en una conducta que, aun hoy, colegas estudian para entender. Pancho piensa las palabras y, sin mediar ladridos, mi implante coclear las reconoce. Lo único necesario es el

contacto visual para que esta conexión exista.

Así pasamos largos ratos en silencio, en el jardín. Él, echado a mi lado mientras leo, interrumpiéndome con pedidos de juego representados por alguna palabra que refleja su ansiedad o haciéndome saber de su tristeza cuando estoy por irme.

Sus ojos húmedos me conmueven.

El pobre aprendió a estar solo, pero me hace saber, una y otra vez, cuando no está de acuerdo con mis ausencias. No sé bien qué es lo que le duele y prefiero creer que una caricia alcanza para calmarlo.

Es demasiado para mí lidiar con las emociones de Pancho, cuando me es bastante complejo entender las mías.

Por la mañana y después de darle su comida, siempre dedico un tiempo a estar con él. Sus juguetes son rudimentarios y los usa alternadamente para demostrar sus habilidades. En ese momento, él prefiere comportarse como un niño que retacea el lenguaje y elige el juego: va y vuelve a buscar el palo que le lanzo una y otra vez.

Más tarde, si estoy ocupada, permanece lo más cerca posible en una alternancia de siestas cortas y contemplación del parque con actitud magnánima, como de quien es dueño de todo lo que la propiedad contiene. Incluida yo.

Cuando atardece, salimos a caminar por la calle de tierra y es allí donde se desconfigura por momentos la aplicación que nos mantiene comunicados. Parece que, al incentivarse su instinto, el dispositivo se bloquea. Tal vez, esté bien que sea así porque no quiero "conectar" cuando se lanza a la caza.

En principio, resulta gracioso verlo moverse con tanto sigilo para luego quedar estático, a escasos metros de algún pequeño cuis abstraído en la masticación de un pasto tierno y ajeno a toda amenaza. Pancho, con atención pura fijada en la presa, hace que cada músculo de su cuerpo se subordine en un solo gesto. Y es allí donde me pregunto: "¿Quién es Pancho? ¿Ese animal al acecho o el que se relaciona conmigo? ¿Solo inconsciencia animal que habita un cuerpo o inteligencia emocional asimilable a la de un niño?".

El tiempo parece detenerse en el ritual ancestral de cazador y presa, mientras quedo suspendida en el dilema.

Un movimiento en falso y uno de los dos perderá.

La mayoría de las veces, es Pancho quien fracasa. Los cuises aparentan distracción, pero desaparecen como rayos de arcilla al costado del camino.

En alguna ocasión, es Pancho quien gana la partida. Es curioso: cuando es así, en lugar de parecerme un drama, lo vivo con respeto y me abstengo de retarlo. Como si comprendiera su necesidad de recordar que es un perro.

Con el animal moribundo en su boca, en una actitud mezcla de juego y de crueldad, se adelanta unos metros y se echa a esperarme con la presa entre sus patas para que apruebe su hazaña.

El trayecto de vuelta a la casa empieza cuando el sol cae sobre el campo y concluye con el primer momento de oscuridad.

Dice una antigua referencia paisana que es la hora de la oración. Cuando, a pesar de reinar todavía el sol en retirada, las estrellas empiezan a vislumbrarse sobre el ánimo cansado de todas las cosas.

Pancho, con su trofeo olvidado en el camino, camina lento acompañando mi silencio, sabiendo que le espera la comida de verdad y que lo otro fue, simplemente, un entretenimiento, en todo caso, feroz.

Sabe que, cuando lleguemos, retomaremos el diálogo mujer-perro, pero, mientras dure la caminata, respetará mi recogimiento natural que viene de quién sabe dónde.

De qué lugar del campo y de la tarde.

Gato con guantes

*… Gaucho con guantes no trenza los tientos
y a su vaquita no puede ordeñar,*

Repaso muchas veces mis recuerdos de niña, cuando sentía las texturas de ciertas cosas: el rostro de papá que recorría con mis dedos, la ropa, con la que me vestía para imitar a mamá, lo "pastoso" de los crayones, lo placentero de la tierra devenida en barro cuando dejaba de llover, el lomo de mi gato. Y la intuición de que tales sensaciones se convertirían en futuras emociones.

Pero todo eso quedó trunco. Pasé a sentir solo a través de un material que me protege de las amenazas invisibles de los microorganismos. Un traductor imperfecto.

Andar con guantes siempre ha sido un problema para mí; sobre todo, porque empecé a usarlos a los cinco años, luego de cosechar, en mi memoria, una rica experiencia de cosas reales. Justo cuando empezaba a interactuar con mis amigos... Jugábamos, sí. Pero con la mediación de guantes, que, por entonces, eran gruesos y ajustados para evitar que se salieran.

Nos enseñaban a expresarnos. Los docentes eran cuidadosos de propiciar espacios donde cada uno tuviera todo el tiempo que necesitara para expresar qué sentía con el cambio tan abrupto de distanciamiento que nos afectaba. Pero la palabra sola no me alcanzaba; yo quería tocar a mis amigos, correr, tropezarme con ellos. Me recuerdo inquieta friccionando mis manos a través de los guantes para proveerme de alguna sensación. Incluso golpeando cosas o la pared para poder sentir.

Finalmente, mis padres decidieron retirarme del sistema presencial de enseñanza, preocupados no solo por mí, sino por otros chicos que empezaban a desarrollar conductas disruptivas.

Me doy cuenta de la ventaja de quienes empiezan a usar guantes desde el nacimiento, lo que genera una adaptación en esta manera de percibir deformada con la que tendrán que lidiar toda la vida.

Pero no fue mi caso. A mí me costó mucho aceptar —y lo hice a regañadientes— la mala suerte de haber conocido los dos mundos.

Anhelo tocar todo como cuando era chica y no esta representación sustituta a la que mi mente se termina acostumbrando y que, a veces, provoca confusiones. Sinestesias erróneas, como sentir pelos en la lengua.

Noto a mi cerebro haciendo peripecias para proveerse de una sensación que el cuerpo no puede recolectar. Y también creo que todo esto condicionó mi capacidad emocional, como si lo que sucede no me afectara demasiado.

Así que, estando sola en mi casa, sin la obligatoriedad del uso en la interacción con otras personas, me saco los guantes y me detengo a acariciar las hojas de las plantas, las rugosidades de los troncos de los árboles, la textura de las piedras repartidas en el parque y, por supuesto, el lomo de mi perro…

Necesito volver a la evidencia real de un mundo que, para mí, fue completo.

El corazón al sur

Era evidente que mis padres no habían sido afectados por los virus. En tal condición y por más que se cuidaran de ser discretos, me hacían testigo involuntaria de las demostraciones más tiernas que tenían entre sí. Era inevitable; se quisieron con fervor hasta el día del accidente en el que ambos murieron.

En mi vocación científica por entender el comportamiento humano, heredé de mamá, psicóloga, la preocupación por encontrar "herramientas" cada vez más efectivas. De papá, que era *counselor*, aprendí a confiar en la capacidad de las personas para desarrollar por sí mismas los recursos internos para su propia sanación. Él afirmaba que esa debía ser la mayor apuesta de un profesional de la salud o de la educación.

Ser testigo de ambos enfoques me sirvió para quedarme con lo mejor de cada uno.

Mi duelo por mis padres fue breve, porque nunca dejaron de estar conmigo. Cuando manejo una microherramienta, es Eladia y su precisión la que me acompaña. Y es Edmundo quien se hace presente cuando estoy atenta a las necesidades de los colaboradores o voluntarios que se prestan a mis investigaciones. Los siento encarnados en mí, aunque ya no estén, y, casi sin proponérmelo, es a quienes dedico el sentido de todo mi esfuerzo.

Luna de arrabal

La luna se coló por la ventana pasada la medianoche, casi caliente sobre mi cuerpo, al mismo tiempo que los perros del pueblo aullaban alertando sobre el ritual eterno del plenilunio, cuando todos los seres deben estar alertas y evitar al depredador que a cada uno le corresponde.

Como un pálido atractor me tironeaba hacia ella. Pero, habiendo sido descubierta infraganti por mi abrupto desvelo, se retiró sin completar su acción.

Luego fue una sensación de belleza. Como si lo malo del mundo desapareciera y solo quedara el simple manto blanco haciendo y deshaciendo las sombras. Con el viento cálido moviendo las hojas y el perfume fiel de mis plantas entrando al cuarto.

Luego de dar un par de vueltas, Pancho se acomodó en su cucha improvisada: un simple cartón, pero que, pegado a la puerta de entrada, le proveía sensación de cercanía, sin importar en qué lugar de la casa yo estuviera.

La luna también lo había inquietado.

"La luna está mala, Panchito".

"Sí", me contestó.

Retomado el descanso, soñé que era una planta con una sola flor. Pero no era un ser vegetal, sino animal. En mi sueño, era posible tal combinación.

Las piernas eran la base de la planta y el hormigueo de la savia ascendía por los pies y las piernas. La presión de ese líquido verde hacía temblar cada centímetro de mi cuerpo. Pujaba y subía, una y otra vez.

Sentía, en el abdomen, un nutriente que venía desde la tierra y se convertía en tal numen que podría engendrar todo el reino vegetal desde mí.

Ese jugo corría por dentro abriéndose camino y se derramaba por fuera como un tenue sudor verdoso.

El calor del proceso se irradiaba y se hacía más intenso en el pecho.

De alguna manera, la forma de mi cuerpo coincidía con una planta selvática. Los brazos eran enredaderas que abrazaban la almohada. Las piernas se apretaban entre sí con espasmos como si fueran raíces que quisieran penetrar en lo profundo.

La cabeza era una carnosidad clara coronada por una sola flor, que estaba justo en el lugar de la boca. Una flor que se abría y se cerraba transpirando con resoplos.

Los labios, pétalos rojos, buscaban con fruición, en el espacio circundante, algún insecto que la fecundara.

Temblaban hinchados. Se estiraban una y otra vez sin suerte, inhalando y exhalando.

Entonces, se hizo evidente el zumbido de un insecto que debía de ser enorme. Lo escuchaba, pero no podía verlo. Y me fui excitando a medida que el sonido se hacía más próximo, esforzándome por atraerlo. ¿Sería quien se llevaría mi polen?

La intensidad del sonido me arrancó de tales visiones placenteras

para arrojarme a la realidad de mi cama, de mi casa y de cierto objeto que se hacía presente en el jardín.

Pancho ladró inquieto. Por más que fuera costumbre, el dron que venía desde el otro hemisferio con los materiales para mi laboratorio despertaba toda su desconfianza cuando aterrizaba con regularidad en mi jardín como un insecto estrambótico.

Me arreglé apenas un poco y salí mal predispuesta sabiendo de la mirada furtiva del operador remoto. Podía adivinar al entrometido en la lente de la camarita que reflejaba la luz del sol recién amanecido.

Descargué el paquete y, enseguida, el objeto anónimo remontó vuelo para su largo viaje de vuelta.

Me quedé abrazada a la encomienda evocando las sensaciones vívidas del sueño reciente.

"¿Cómo será besar a alguien?", me pregunté, mientras acariciaba los labios, que aún me temblaban.

La piel de los besos

El beso de mi madre era como si yo misma me lo diera. Un beso necesario que me devolvía a mi propia naturaleza, a mi propia calma. Expresaba un amor que siempre estaba. Podía contar con él cuando me afligía por un sufrir. Despejaba las dudas, solucionaba cualquier problema, aunque fuera momentáneamente.

El beso de mi padre era la confirmación de ser aceptada en la diferencia. Como un beso con cosquillas que, incluso, me daba cuando teníamos desacuerdos.

Creo que extrañar tanto eso colaboró en la decisión de no tener hijos. No podría sostener el contacto físico regulado por alguien que no fuera yo misma, habiendo disfrutado de esa felicidad tan presente en mi historia temprana.

Mis colegas respetan mi decisión, pero insisten en que pruebe nuevas aplicaciones en las que trabajan obsesivamente y que estimulan la sexualidad para no tener que intimar con nadie y, así, obtener las sensaciones indispensables para una buena salud.

No solo no me interesa, sino que, además, ni la mejor simulación haría real lo que siento por la noche a solas, en mis sueños.

A mí, en cambio, siempre me preocupó encontrar la manera de sentir lo que siente el otro. Para comprenderlo profundamente. ¿Cómo hacer para tener la exacta y misma experiencia? ¿Podría modificar eso mi persona? ¿Hacerme crecer?

No quería resignar mi vida adulta a unas pocas experiencias. Me resistía a olvidar mi infancia de vivencias luminosas. Tenía por meta acceder a la de otros. Sentía el derecho de hacerlo. Me lo habían quitado por la fuerza.

Amar a alguien no debe dejar lugar a ninguna duda. Y no debe sentirse como este anhelo profundo.

Todo lo que siento ha estado por detrás de mis últimos años de trabajo, investigando la psicología desde la ingeniería, hasta encontrar la posibilidad de amplificar artificialmente las conexiones neuronales, empatizando de un cerebro a otro sin intermediación subjetiva, resonando física, química y eléctricamente como si las neuronas estuvieran en un mismo cráneo.

Hoy es el día en que voy a conectar de manera profunda con otra persona, mediante auriculares de frecuencia cerebral. Un ayudante me asistirá para cuidar al sujeto que se presta al experimento.

Para él, será como una entrevista. Para mí, una prueba piloto que habilitará otras posibilidades que me entusiasma imaginar, tales como acceder a emociones que no alcanzaría una sola vida para conocer o saber de los sentimientos que no pueden expresarse por estar fuera de la norma... Y, por supuesto, en algún momento, saber, a través de alguien, cómo se siente un beso apasionado.

PARTE 2

La práctica

Milonga que canta el aire

Cuando al llegar los recuerdos,
se hace presente el pasado.
El alma juega su juego
y el tiempo sigue su paso…

Juan Pablo es mi asistente. Es estudiante de Ingeniería Genética Epidemiológica y es costumbre que los alumnos avanzados colaboren en los proyectos de quienes trabajamos desde hace un tiempo.

Y, aunque no es habitual un entrecruzamiento de incumbencias, sobre todo, para alguien que todavía está cursando la carrera, en nuestro caso, más que un cruce fueron tropezones.

Lo conocí en una de mis contadas salidas a la capital; específicamente, en el lugar donde más cómoda me siento, después de mi casa: "Cristal y Azabache", un salón milonguero en el corazón de Almagro, bautizado así en honor a una mítica pareja de baile. Mis padres eran *habitués*, a tal punto que es probable que yo conozca este sitio desde el momento de mi concepción.

Templo del tacto permitido rebautizó alguien este tipo de lugares, donde está reglamentada la aproximación física. Además del uso obligatorio de los guantes, en estos reductos, hay que enfundarse en trajes que cubren la superficie de todo el cuerpo. Se disimulan con ropa elegante, pero se hacen evidentes —y bastante ridículos— en el área de la cabeza, que debe permanecer totalmente sellada. Portados con digna resignación por quienes aceptamos cualquier requisito con tal de bailar un tango.

El espacio podría describirse como un gran óvalo de luz sobre un entramado de madera, bajo un cielorraso de estrellitas artificiales como nunca vi en ningún otro sitio. De tales proporciones que cabemos decenas de parejas ensoñando: una marea danzante y variopinta que suspira, resopla y murmura al oído en alemán, japonés, inglés…

Un ritual de cadencias y movimientos que se repite sin cansancio.

Más allá del protagonismo luminoso, en la penumbra de las mesas y la barra, están, por un lado, los que ansían y sueñan. Y, por otro, los sórdidos *habitués* de *escruches* lascivos.

Siempre me sentí cómoda entre toda esta fauna. Me llevaban de tan chica que apenas alcanzaba el taburete, donde me entronizaban a la vez que me protegían, y me constituía, en los intervalos, en el centro de atracción.

Por entonces, los ojos me rebosaban de asombro ante un espectáculo en el que el sonido de tangos y milongas iba tiñéndome el alma, cuando yo apenas sabía algo más que mi nombre.

Y allí mismo lo conocí a Juan Pablo. Lo hallé en tal actitud de contemplación que me recordaba a mí misma: alguien que nada tenía que ver con el lugar. Ingenuo y, a la vez, impúdico, queriendo adivinar sobre ese arrobamiento de los mayores, buscando aprender del particular gesto tanguero que, en otro contexto, sería hasta delictivo.

Lo saqué a bailar. Sabiendo, por la pinta, que no tendría ninguna chance, en ningún momento, en ninguna pista.

Tal vez, por aquel anhelo de chica, cuando quería que alguien me eligiera, o, tal vez, por generosidad, como quien convida lo que apetece.

—Vos sos estudiante; creo haberte cruzado alguna vez. ¿Qué hacés acá? —le dije, apoyando la mejilla protegida sobre la suya, suponiendo que sabría qué hacer de la cintura para abajo.

Primer tropiezo.

—Ah, sí. Mi abuelo es el dueño de la milonga... Creo que también te conozco. De la facultad, ¿no?

—¿Tu abuelo? ¿Y cómo es que no sabés bailar? —dije, apretándolo con firmeza.

Segundo tropiezo.

—No me gusta el tango —respondió, y pude apreciar, a través del plástico, que la mejilla se le tornaba del rosa al rojo.

—¿Y qué te gusta?

—Mirar —balbuceó, al mismo tiempo que vacilaba en sus movimientos.

—Un mirón —me burlé.

Tercer tropiezo.

A pesar de su torpeza, presentí, en los movimientos, un fervor por aprender. Eso me impulsó a proponerle ser asistente de mis experimentos.

Como era unos años menor que yo, pensé que eso dejaría en claro mi ascendencia en los asuntos por atender y garantizaría la distancia profesional.

Lo que menos quería era que se confundiera.

Cosas de viejo

¡Que por qué ando yo ansina como enojao y triste!
¿Pa' qué querés saberlo, mi linda flor de ceibo?...

Miré por la ventana y agradecí no haber ido yo misma a la capital: estaba tan hermoso el día que hubiera sido una lástima dejar la paz del campo para ir a la ciudad.

Juan Pablo se había ocupado de ir a buscar al viejo Pepe: personaje enigmático y silencioso que, desde hacía años, permanecía en un recodo de la escalinata de la Universidad, cual remedo de gárgola filósofa. A cambio de sus servicios para probar mi dispositivo, le habíamos ofrecido una suma de dinero que le alcanzaría para alimentos y alguna otra necesidad.

Si todo salía bien, en pocos instantes, iniciaríamos la comunicación neuronal. Desde mi casa, cómoda, con una taza de café en la mano, accedería al cerebro de Pepe.

Mientras esperaba, comencé a imaginar los alcances del experi-

mento. El reconocimiento probable que, desde ya, me fastidiaba. El viaje a alguna capital del mundo para exponer los resultados; algún que otro premio. ¡Uf! Tendría que comprarme ropa, tal vez, en esas grandes tiendas europeas…

—Hola... Bueno, acá estoy... ¿Querías hablar conmigo con este aparatito? —dijo Pepe, sacándome de mi ensoñación y señalando el *empatizador*, que lo hacía ver como un personaje más estrafalario de lo que era.

—¡Hola, Pepe! Qué lindo volver a verte.

—Sí… No entendí bien, pero me dijo el muchacho que necesitás que te ayude… —Revoleó los ojos—. Yo me acuerdo bien de vos. Cuando pasabas, me dejabas unas galletas… Así que acá estoy.

Con mi auricular apenas puesto, entré en contacto.

—Se me vienen como *flashes* de tu vida... —me precipité.

Él no entendió a qué me refería y se preocupó.

—No quiero que te sientas incómoda.

—Claro, por supuesto. Elegí vos. ¿Qué me querés contar? —pregunté, tratando de revertir mi atolondramiento.

—No sé, decime qué querés que te cuente.

—¿Cómo estás viviendo?

—Ah... Eso… Bueno. Mi vida es esto que vos conocés, digamos... ¿Qué te puedo contar? —levantó la voz, forzando un aparente buen ánimo—. Acá estoy, todos los días, llueva, truene, haya viento... Los que más disfruto son los días de sol, como hoy… El resto, bueno, es un poco ver correr el tiempo y a las personas... Eso.

Allí, por fin, conecté claramente con el sustrato emocional de sus palabras. Estaba poniéndome en sus zapatos.

—Estás satisfecho con tu mundo... y hay momentos que son más luminosos.

—Sí, son los momentos que valen la pena... Los días de sol. Me siento ahí. Me pongo la sillita. Alguno que pasa me deja un sándwich... No más que eso. A veces, vienen los pesados del Gobierno a forzarme para que me ponga los guantes o para llevarme para un aseo cada tanto. Eso me fastidia un poco, pero bueno…

—Vos te quedás ahí quieto, ¿no?

—Sí. Mientras no me molesten... Vivo el día a día.

—Que el tiempo pase.

—Sí... sí... que el tiempo pase.

Pero, de pronto, la sensación fue cambiando y me apuré a decírselo:

—Pero hay algo así como un espacio vacío en el centro del pecho —dije con los ojos cerrados para no perder concentración.

—Sí, es cuando se nubla…

—Hay vacío… nada.

—Sí, vacío... Pero, bueno, pasan los chicos... A veces, se paran a hablar... Eso me distrae un poco.

—Pero el vacío sigue estando.

—Sí. *Elijo* ese vacío. —Su voz había cambiado imperceptiblemente; ya no era un viejo amable y bonachón—. Alguna vez quise ser alguien, pero las cosas no salieron bien, ¿viste? Después, ya fue tarde.

En un momento, sentí que se había ido. Como si hubiera perdido la conexión.

—¿Estás ahí? —Traté de sintonizar de nuevo.

Él pasó a vociferar, verborrágico:

—Sí… Estoy acá; estoy hablando con vos. Es como haber recibido una visita en casa. ¡Bienvenida! No tengo para convidarte nada, pero, bueno... Acá estoy.

No podía entender su cambio de actitud. Las últimas palabras eran precisas, pero el sentimiento no se correspondía. ¿Estaría fallando el dispositivo? La preocupación por el posible desperfecto me desconcertó y, precipitadamente, di por terminada la entrevista, tratando de no incomodarlo.

—Pepe, disculpame. Vamos a tener que interrumpir el encuentro porque algo está fallando.

—No te preocupes, piba —dijo tranquilo—. Vuelvan cuando quieran. No me voy a ir a ningún lado —concluyó irónico.

Caos

Ansias de llegar, a ningún lugar,
todo se comprime, se agiganta en tu pasar.
Crece en tu jardín una flor de amor,
amor que se tiñe de la lástima entre dos.

Zambullida en una noche acuosa de relámpagos intermitentes, desplegaba a tientas mi percepción.

En un envoltorio gelatinoso, mi conciencia, presa de pocos gestos, esperaba el contacto que terminaría de dar sentido a mi existencia.

Mi carga estática se liberaría por proximidad. Solo debía mecerme relajada, paciente, en ese mar líquido y eléctrico.

Sería el momento cúlmine, cuando podría experimentar la plenitud de ser.

Pero "lo otro" era esquivo conmigo. Terminaba prefiriendo otras uniones. Contemplé con recelo cada encuentro vecino iluminado con destellos. Evidencia de consumaciones fugaces que, de todos modos, hacían justificable una espera por más eterna que fuera.

Pero ¿por qué no conmigo? ¿Debía resignarme?

No. Era momento de juntar fuerzas y soltar las conexiones que me retenían. De ir al encuentro de eso que me correspondía por derecho propio.

Transmutada en una especie de ameba de finos tentáculos, primero, intenté comunicarme con otra célula cercana por medio de gestos apenas minúsculos y visibles. Pero, ante la imposibilidad de llamar su atención, finalmente, elegí interceptarla.

Nadando las dos a contracorriente, en cuanto me acercaba, ella escapaba en una miel espesa cargada de estática.

Estirando mi cuerpo al punto de deformarme, logré alcanzarla.

El contacto me provocó tal sacudón que me lanzó fuera de aquel universo, y acabé despierta en mi cama.

Algo está fallando…

Nada parecía indicarlo, pero lo que Pepe decía no coincidía con lo que sus neuronas me transmitían. Una sensación que, por lo fuerte, necesariamente, debía estar siendo registrada por él. ¿Dónde estaba el problema?

Esa sensación de vacío, de agujero en el pecho, seguro que no era mía. Ni siquiera podía haberla imaginado. Yo no podría vivir con algo así. Tenía que ser del pobre hombre. Pero… ¿por qué lo había negado?

Desperté casi sobre la hora, habiéndome quedado hasta tarde la noche anterior repasando cálculos y revisando los detalles de mi experimento.

En pocos minutos, debía retomar el encuentro con Pepe.

Pero preferí quedarme un poco más mirando el cielorraso de mi habitación. Buscaba, en los nudos de la madera y en los dibujos del machimbre, formas que fueran reconocibles; un juego que me acompaña desde la infancia. Una necesidad que, supongo, nos viene desde el tiempo de las cavernas: ordenar, entender, simbolizar lo que percibimos, lo confuso, lo que no guarda relación.

Una necesidad de evitar la presencia del caos en todas las cosas.

Solo

Solo y al costado,
como un cero solo,
al que marginaron
y resiste solo.

Me encontré con Pepe nuevamente. Tragué saliva y saludé:
—¡Hola!
—¡Hola, nena! Está gris, ¿viste? —me dijo, mientras Juan Pablo

le ajustaba el auricular—. Hoy es igual afuera y adentro. Cuando está así, me pesan los pies. Te había dicho que iba a venir, pero me daban ganas de taparme con mi frazada y quedarme ahí, bajo mi techito.

—Y que nadie te moleste, ¿no?

—Sí.

—¿Te estoy molestando?

—No, no... Quedamos en que venía, así que acá estoy.

—¿Te gusta que nos encontremos?

—Sí, se hace más corto el día.

—¿Solo para eso te sirve?

—Qué sé yo. Ya no sé si hay algo que sirva. Yo sé que vos querés, pero...

Cerré los ojos para mejorar la percepción de lo que recibía a la distancia, a la vez que me daba cuenta de que habíamos entrado sin preámbulos en una charla que desafiaba mis límites.

—Es nuevo para mí —le dije—, porque quedarme así acurrucada, quieta, que me pesen los pies... No es algo que conozca. ¿Es como si quisieras dejarte llevar?

—No sé... Es que se termine. Y quedarme quieto. Que todo se termine.

—¿Estás desilusionado?, ¿decepcionado?

—No. Es como... ¿Cómo hago para ponerle palabras a esto que lleva tanto tiempo?

—¿Es algo muy viejo?

—Sí, es viejo... vacío... Te dije, como el día ahí afuera, pesado.

—No vale la pena.

Se quedó en silencio un momento.

—No. ¿Viste? Uno mismo no puede quitarse la vida, pero… ¿esto es vida?

De nuevo, esa sensación de que me faltara el estómago.

—Te quedaste quieto.

—Sí, estoy quieto. Me muevo, pero estoy quieto por dentro. Pero

¡bueno! —Golpeando las manos—. ¡A ver! ¡Hagamos algo! No sé para qué sirve esto que estamos haciendo.

—Yo estoy sintiendo que estás así, como hondo y quieto, y que ya no querés más… ¿y aplaudís?

—¡Sí! Porque quiero que hagamos algo… que te sirva a vos por lo menos… ¿Para qué sirve esto? —Apuntó con el dedo al *empatizador* en su cabeza.

—Para que yo pueda sentir lo que vos estás sintiendo. Para comprenderte.

—¿Comprenderme? Yo no te pedí que me comprendas.

—Sí, me estoy dando cuenta de eso.

—Me parece que no hace falta. Yo estoy bien así: solo. Ustedes pasan, me sonríen y se van. Yo no los necesito.

Sentí que, otra vez, se alejaba. Que no quería nada.

—Esto es la soledad —dije en voz alta.

Su mirada me dejó sin aliento y, con una mueca, sonrió indulgente como dándose cuenta de que yo no podía seguir sintiendo eso.

—Es mejor que me dejen tranquilo, en mi escalera —dijo en un tono con el que intentaba tranquilizarme y dar por terminado el encuentro.

—Esto es la soledad —repetí con dificultad.

Estaba enfocada solamente en mí, tratando de comprender algo que sentía por primera vez.

Juan Pablo, visiblemente preocupado por el bochorno de mi desempeño, se ocupó de cerrar el encuentro. Le agradeció a Pepe, lo desconectó del dispositivo y logró de él un saludo, que no solo no respondí, sino que ni siquiera escuché.

Había quedado abstraída y en contacto con el estado de ánimo que era suyo y que me resultaba inédito.

El experimento había pasado a segundo plano.

Me pareció oír que Pepe le decía a Juan Pablo cuando se despedía: "Es una buena piba…".

Piba buena

Piba buena, piba buena,
que ni pisás las alfombras,
que ni proyectás tu sombra
solo por no molestar…

Mientras trataba de reponerme, Pepe se fue silbando ese tango burlón.

Le pregunté a Juan Pablo si había notado lo extraño de su actitud. Le pareció intrascendente. Estaba más preocupado que yo sobre el futuro de los experimentos.

En su gesto final, Pepe había confrontado, con su experiencia de vida, mi ingenuidad. De una manera brutal. Sin dejarme en claro si su intención era invalidar mi inocencia con su desdicha. O si, por el contrario, se trataba de un reconocimiento.

Nunca antes me había sentido así, reflejada en tal espejo. Como suspendida en el pudor de no saber qué significaba la vida en profundidad. Si es que existía tal cosa…

Había escuchado tantas veces ese "sos buena" y hoy, por primera vez, sentí que no era un elogio, sino una falta.

Pero, además, Pepe me había inoculado su soledad como si fuera algo vivo, desconocido, que buscaba un lugar dentro de mí. A tal punto que trastornaba mi conciencia. Yo no tenía la facilidad de él para negar lo que sentía. ¿Cómo podía él ponerse a salvo de tal cosa? ¿Cómo había adquirido tal habilidad disociativa? ¿O se trataría, en realidad, de una falla del dispositivo…?

Tendría que recurrir a Ana María, mi amiga, en Alemania. El laboratorio donde ella trabajaba había fabricado los chips de mi prototipo. Había repercusiones más allá de las previstas. Odiaba tener que molestarla para una revisión.

El resto del día, me obsesioné con revisiones, mientras eso que era de Pepe rondaba dentro de mí. Imágenes ajenas y sensaciones que se superponían mientras intentaba pensar.

De un pensamiento certero y claro que parecía despejar mis dudas prácticas, pasaba a deambular vívidamente por paisajes que se me imponían: paisajes oscuros, desconocidos, paredes mojadas por la lluvia, un cuarto viejo, raído, con una cama tendida desde hacía tiempo… Todo en tal alternancia que empezó a inquietarme.

¿Cómo era posible, habiendo vivido sola tanto tiempo, que nunca hubiera conocido la soledad? ¿Por qué la ausencia forzada de mis padres nunca me había producido ese sentimiento? ¿Sería por eso por lo que nunca había necesitado estar con nadie?

Como si me hubiera escuchado detrás de la puerta, Pancho resopló confirmando que él sí estaba. En otro momento, su compañía hubiera alcanzado, pero hoy, ya entrada la noche, la casa se me hizo desconocida. Cada mueble y cada objeto que, en otros momentos, me reconfortaban, ahora me resultaban extraños. Incluso ese espacio subjetivo que consideraba mi hogar no me era más familiar. Como si la casa estuviera sola y vacía. Vacía, pero no de cosas, sino de sentido.

Camouflage

La pava apoyada en la salamandra empezó a silbar bajito. Todo se había llenado del aroma dulce de unas cascaritas de naranja sobre la estufa.

El otoño traía consigo los rituales del frío. Mate antes de empezar la jornada, revisar el estado del colchón en la cucha de Pancho, calefaccionar la casa para luego encarar el trabajo. Y, sobre todo, adaptarme a mi reloj biológico y a la merma de luz solar que afectaba mi disponibilidad de energía.

Parada al lado del hierro que irradiaba el ambiente, saboreaba de

a poco el líquido amargo que estimulaba mi reflexión.

"Nunca necesité de nadie. Siempre me las arreglé sola", pensé con la vista perdida en mis pensamientos.

Pero sería poco inteligente no ver los primeros tropiezos, que, si no los atendía, harían fracasar el proyecto apenas iniciado.

Se empezaba a mezclar mi subjetividad con la del sujeto de experimentación. Problema que me resultaba conocido: había visto a mi madre frustrada muchas veces, involucrada afectivamente en su esfuerzo al tratar casos graves de psicosis.

También había visto a mi padre ser desprestigiado en numerosas ocasiones por su práctica, criticado por ofrecer solo una empatía que era difícil de mensurar.

Si mi investigación prosperaba, cualquier profesional de la salud tendría ahora una herramienta objetiva para conectarse y recibir, en su propia amígdala, en su propio hipotálamo, en todo su cerebro, la vivencia emocional y física de su paciente, y, así, comprenderlo de una manera inequívoca.

Pepe me había producido un gran estupor por su falta de congruencia. Lo que experimentaba internamente parecía de un orden diferente a lo que me comunicaba. No sé si lo hacía adrede o no se daba cuenta.

Estaba empezando con el pie izquierdo.

¡Y los *flashbacks*! Eso había sido el efecto secundario más inesperado e inquietante.

¿A quién pedirle ayuda? Necesitaba de alguien en quien pudiera apoyarme para la cuestión psicológica.

Iba a llamar a Ana María. Tal vez, podría sugerirme por dónde avanzar con seguridad.

> *... Camouflage,*
> *apariencias engañosas*
> *que no dejan ver las cosas*
> *como son en realidad...*

Vieja amiga

La niebla empujaba y ganaba espacio en cada intersticio. La humedad calaba los huesos.

A pesar de mis llamados, Pancho no salía de su rincón; acovachado, prefería postergar la compañía con tal de preservar la tibieza de su cucha.

Yo solo buscaba distraer un poco mi ansiedad, mientras esperaba que Ana María estuviera disponible, por la diferencia horaria con Alemania.

Me entusiasmaba el hecho de que estableceríamos una "comunicación inmersiva", que ella podía pagar por vivir en el primer mundo. Eso me incomodaba un poco… Yo siempre tuve la cámara holográfica que me regalaron mis padres, pero prefería no usarla por los costos excesivos de transmisión.

La visitaría de modo virtual gracias a esa cámara de alta definición que me daría detalles de su ambiente como si estuviéramos físicamente juntas.

Así que me vestí, me peiné, me perfumé, y puse en orden el cuarto donde establecería el contacto. Podríamos elegir su *living* o el mío. Me sentí estúpida acomodando los objetos y procurando aparentar cierta *casualidad*.

Me importaba ver a Ana María después de tanto tiempo. ¿Cómo le estaría yendo? Sabía que me resultaba incómodo revivir el momento en que elegimos caminos diferentes para nuestras vidas. Yo, quedándome acá, en el fin del mundo, para desarrollar mis habilidades, segura de poder desafiar cualquier condición adversa. Ella, priorizando encontrar una pareja con quien encarar un proyecto común en el mejor lugar del universo tecnológico.

También recordé que ambas nos reíamos de nuestras elecciones. En realidad, nos reíamos de todo.

Pero era inevitable; aún en el mundo actual, con todos los avances

disponibles, seguían radicalizándose asimetrías brutales.

—¡Hola, Ana María!

—Hola, buen día. ¿Cómo estás?

—Bien, bien. Disculpá que te moleste por este tema del prototipo, pero estoy teniendo dudas respecto al funcionamiento… No sé si está andando bien… No quería molestarte…

—Sí, cuando recibí tu mensaje me pregunté qué estaría pasando, así que me adelanté y lo estuve revisando. Está todo bien. No sé cuál puede ser la dificultad con que te encontraste porque acá funciona.

—Ah, ¿vos lo tenés armado ahí?

—Sí. Esperame que lo traigo.

Ana salió del ambiente y yo, sin darme cuenta, ya estaba sentada en su *living*. Sin consultarme, había activado la preferencia de su casa para nuestra reunión.

Mi mente tardó algunos segundos en adaptarse y entender lo que veía. Había ingresado a la comunicación prestando atención solo a las palabras, pero no a las imágenes que estaban representándose.

Me relajé y confié en que, en pocos segundos, el cerebro le daría verosimilitud a todo.

Entregada a la espera, la curiosidad hizo lo suyo. Me permití *chusmear*: la calidad de los muebles, la alfombra, la textura, el color de las paredes, los objetos. Pero una flor en la ventana captó por completo mi atención; la bañaba esa luz tenue de la primavera del hemisferio norte y era tan frágil que podían verse, a la distancia, las nervaduras como pequeñas venas verdes.

La cámara de alta definición interactuaba con mis ojos, captando dónde iba posando mi atención. Así que magnificó la flor y me dio sus detalles, mejor que si la estuviera viendo en vivo y en directo.

¿Necesitaría una ayuda de este tipo para mi experimento? ¿Alguna guía que para ver mejor ciertos detalles y, así, evitar los sesgos cognitivos?

Color de rosa

Me sentí molesta por no haber participado en la elección del lugar donde charlaríamos. Podía reconocer el vestigio de cierta competencia que siempre había estado presente entre nosotras. Una competencia al filo de la envidia. Creo que, de algún modo, eso había facilitado la decisión de alejarnos en busca del propio camino.

Ana María volvió a mi lado con el *empatizador* colocado.

—Probemos —dijo bien predispuesta, lo que incentivó una molestia creciente en mí.

—Bueno, bárbaro —respondí, tratando de disimular.

—No sé si entendí bien… El propósito es establecer una comunicación más intensa a nivel cerebral, ¿no?

"Suena sencillo, casi sin importancia dicho así", pensé.

—Sí, sí —contesté nerviosa—. No me acostumbro a este tipo de encuentros virtuales —mentí para disimular la incomodidad que se me hacía evidente por tener que poner a prueba mis asuntos frente a ella—. Aprovecho, entonces, para preguntarte: ¿Cómo te está yendo acá? Quiero decir, allá… ¿Y cómo está Damián?

Sin reparar en mis nervios, Ana María se acomodó en su asiento en actitud de compartir tal como cuando éramos confidentes.

—Bueno… Viste que Damián y yo vinimos con un proyecto bastante armado. Con la propuesta económica y profesional que nos cerraba a los dos. Nos insertamos con tiempo, con recursos y comodidades. Ya sabés cómo funciona todo acá. Así que… te diría que todo bien, con propuestas, con ideas, con ganas…

Su tono de voz no reflejaba optimismo. También registraba eso en cuanto al contacto neuronal. Sentía un fastidio ajeno a mi propia molestia por el reencuentro.

—Vos sabés que no te siento tan contenta como parece —me animé a arriesgar, a la vez que procuré ir directo al aspecto técnico.

—Y… sí —reconoció.

De inmediato, se desarmó mi actitud adversa al comprender que Ana no estaba pasando por una situación tan idílica como yo imaginaba. Me apuré, entonces, a preservarla para que no se mezclara lo personal con lo que intentábamos chequear.

—Ah, entiendo. No hace falta que me cuentes más… Has sido muy amable en ofrecerme tu ayuda para esta prueba. Si querés, dejamos acá —insistí.

—No, no. Está bien.

Necesitaba contarme.

—No está todo bárbaro… —dije, entonces, sintiéndome habilitada a devolverle lo que sentía como suyo.

—Y, a ver… Bárbaro, bárbaro. ¿Cómo se dice cuando uno tiene expectativas de logros, cuando eligió un lugar en el mundo que ofrece todas las posibilidades… y aparece lo inesperado?

—Ah. Lo inesperado…

—Es algo ambiguo —continuó, con ganas de sincerarse.

—Siento cierta intranquilidad, como algo en ebullición —dije, explicitando mi percepción.

—Tal cual. Voy y vengo de la felicidad, de lo inesperado, y qué se yo. ¿Cómo se sigue ahora? Yo digo felicidad y me escucho… No tengo voz de feliz, ¿no? ¿Qué me pasa?

—Parece que quisieras rellenar el sentido de lo que decís.

Ana no podía con lo que sentía. Saltó como un resorte y salió por la puerta. Supuse que estaba yendo por un pañuelo o un vaso de agua o, simplemente, para tomar aire por tanta tensión.

—Ya vengo.

Volví a quedarme sola en la representación holográfica de su *living*. En silencio, hasta que escuché un pájaro cercano. Un cuervo que graznaba alborotado. Me provocó lo de siempre, una mezcla de ternura y de miedo. Se paró en el marco de la ventana, como algo acostumbrado. Mientras lo contemplaba y disfrutaba de la definición extraordinaria de sus rasgos, me pregunté: "¿Por qué, en el hemisferio sur, no hay cuervos?".

Y, a continuación, me volví a preguntar: "¿Por qué siempre anhelamos lo que no tenemos?".

Argumento incierto

Vivir es argumento incierto
cuyo final ignoramos,
damos cada sueño por cierto,
la vida real forjamos…

De vuelta en el *living*, Ana María retomó el diálogo:

—Se supone que tendría que estar feliz, realizada… pero ¿cómo te sentís realizada cambiando ahora un proyecto de vida por otro? ¿Así, de golpe, tengo que cambiar el sentido de la felicidad?

—Hay algo más atrás. ¿Algo que está trabado?

—Sí, lo trabado es que no sé ni cómo decirlo. O decírmelo.

—¿Es algo que se interpone con tu vida?

—Pensé que iba a salir exitosa, disparada a la estratósfera, y ahora creo que voy a estar para siempre anclada en la tierra —dijo y se quedó absorta, mirando el vacío, hasta que retomó con cierta ironía—. Está bueno lo que percibís por medio de esto —señaló su oído—, porque me evita tener que explicarte cómo me siento por estar embarazada.

—¡Era eso! —exclamé, sin saber si felicitarla o consolarla.

—Dicen que hay que estar feliz —continuó, murmurando—. Pero ¿qué va a ser de mí ahora? Hablando con vos, me doy cuenta de que es tan confuso todo lo que siento, porque nunca se me ocurrió que, en este lugar, con todos estos proyectos, iba a ser mamá… Y ¿qué es esto de ser madre? —sonrió, de pronto—. No sé, me hago esa pregunta y me da risa.

La risa parecía ocultar otro sentimiento.

—Es como… —continuó—. ¿Te acordás cuando nos juntábamos a trabajar y nos reíamos porque no sabíamos cómo íbamos a lograr las cosas que queríamos, pero, al mismo tiempo, teníamos la certeza de que lo lograríamos? No parábamos de reírnos. ¿Te acordás?

—Sí.

—Y ahora, de repente, aparece esto y no sé. ¿Tengo que dejar que suceda? ¿Tengo que soltar todo lo que imaginé para mí? ¿Cómo sigo?… No lo he compartido con nadie todavía.

—No sé qué decir.

—¡Tu bendito aparato! Se ve que tenía ganas de que lo supieras —dijo, secándose las lágrimas—, por todo lo compartido… Tu entusiasmo por lo que estás investigando me hace feliz. Pero esto que siento, ¿qué creés que es? ¿Es la vida que se abre camino?

—Es extraño —me animé a decir, confirmando el funcionamiento de mi dispositivo a pleno—. Se siente como algo que no es tuyo, pero, a la vez, es parte de tu ser.

—Es parte mía y de Damián. Somos nosotros.

—Pero Damián no lo va a tener. Es algo que pasará a través de vos —me animé a opinar.

—Pero ¿sabés? Cuando digo que él es parte, algo dentro de mí se enciende —dijo Ana con la cara iluminada.

—Ah, ¿sí?

—Sí, lo siento así. Es una jugada muy fuerte para ambos. Ser padres acá, lejos de nuestras familias… Por ahora, nos une el desconcierto. Pero, entonces, cuando me siento así —recuperándose—, aparece la ingeniera y dice: "¡Un momento! Esto se organiza fácil: no seré la primera madre ni la última".

Sentí que Ana experimentaba una montaña rusa emocional.

—Y también te da miedo.

—Sí. Como si algo se apoderara de mi vida.

—¿De cuánto estás?

—De dieciséis semanas… Es un montón. Siento que se me acorta el tiempo… que pierdo el control.

—Qué fuerte… —dije, suspirando y tratando de salir de la experiencia que se me hacía demasiado intensa—. Evidentemente, el *empatizador* funciona.

Nos quedamos un rato en silencio. Su relato me había resultado maravilloso, pero también me llenaba de miedo.

Senda florida

No había mucho más para decir.

Ana fue sacándose lentamente los auriculares con la mirada sobre el regazo.

Era tan intensa la percepción de la hipercomunicación que tuve ganas de tomarle las manos. Pero, claro, no se podía.

Después de tanta zozobra, la experiencia había llegado a su fin.

—Ana, te estoy muy agradecida.

—¿Te sirvió lo que hablamos? —preguntó.

—Por supuesto. Pero, dadas las circunstancias, es lo de menos.

—Te equivocás. Lo que vos hacés también es una manera de dar a luz algo que repercutirá en la vida de mucha gente. Eso es parte del dilema. Un hijo nos satisface a nosotros, pero lo que hacemos como profesionales tiene mayor trascendencia.

Era cierto; siempre lo había creído así y era mi elección de vida: quedarme a solas con mi vocación.

—Hay un asunto más. No estoy segura de poder manejar todas las aristas que van surgiendo y tengo miedo de que se conviertan en sesgos cognitivos que distorsionen mi trabajo. Siento que esto me excede. Incluso recién me di cuenta de que estuve al filo de no poder acompañarte en la intensidad de todo lo que me relatabas.

—Hmm. Sí. A mí también se me generó la misma pregunta. Si te das cuenta en qué te estás metiendo. Se me ocurre que hay alguien que puede ayudarte con todo esto —dijo, recordando—. Hubo un

profesor que pasó brevemente por la carrera, Edward Pisquis. Es un asesor experto en redes y neurociencias. Daba cursos de posgrado…

—Sí, tengo un vago recuerdo —comenté, tratando de que no se notara que lo recordaba muy bien. En aquel momento, me había despertado mucha admiración.

—Vive cerca de tu casa. Aislado, pero hiperconectado. Trabaja para nosotros como asesor. Si querés, te pongo en contacto.

—Si te parece que podría ayudarme...

—Creo que te va a resultar muy útil… Y, además —me hizo un guiño que me recordó nuestra época de amigas y cómplices—, hay algo que te va a encantar. Tengo imágenes de donde vive, aunque su localización es secreta.

—¿Y cómo las tenés si son secretas? —pregunté, mientras ella fue por su ordenador.

—Porque los trabajos que hace para nosotros no me los manda por la red. Es un troglodita —rio—. Un experto mundial en redes que no confía en ellas —enfatizó la contradicción—. Intercambiamos todo en formato físico por medio de drones. En una oportunidad, me compartió la imagen de cuando uno de los aparatos llegaba a su casa. Quiso mostrarme uno de sus pasatiempos.

En la pequeña pantalla, Ana desplegó la vista de un vuelo cuesta arriba en la montaña. Creí reconocer el paisaje; parecía Mendoza. Alguna zona de la precordillera poblada de pinares extensos.

La imagen acelerada recobró el ritmo normal al llegar a un camino escarpado donde se divisaba al fondo una casa: la de Pisquis, supuse. El sendero estaba poblado de gran variedad de flores que evidenciaban un sofisticado cultivo genético para hacer posible la supervivencia en un clima tan frío.

Ana me echó una mirada cómplice. Sabía que un lugar así no me resultaría indiferente.

De inmediato, recordé la letra de unos de mis tangos favoritos.

... Senda florida que jamás olvidaré;

Pampero

Bajo el cobijo de frazadas, no estaba con ánimo de arrancar la jornada de trabajo. Podía ver, a través del ventanal, cómo soplaba el Pampero, sumergida en un sopor de placidez.

"Viento macho y altanero", dice la canción. Empujando con prepotencia cualquier resto de nubes hacia el este, haciendo más diáfana y fría la atmósfera.

Mi casa recuperaba el sentido de protección que me había proporcionado desde siempre.

Tan absorta estaba que no escuché a Pancho reclamando comida. Tan absorta que olvidé el compromiso de comunicarme a primera hora con Juan Pablo por un candidato que había conseguido para el experimento.

Edward Pisquis representaba el motivo de la abstracción. Tenía la esperanza de que me ayudara con el *empatizador*. También se disparaban en mí otras fantasías que aún no terminaba de pasar por el filtro de la conciencia.

Me sorprendí al considerar esto último. Ni siquiera había conversado con él y ya empezaba a convertirse en una figura preponderante por algún motivo. Había sido una simple recomendación de Ana María, una breve referencia de una consulta posible.

Sentí que se me había despertado una especie de genio interno que dejaba deslizar sensaciones subrepticias que hacían mella en mi confianza.

"Estás en problemas", escuché decir a una vocecita interna.

Esta tibieza en la panza... No recordaba haberla experimentado jamás.

—¡Gardelia! —dijo Pancho en una fonética mezcla de palabra y ladrido.

Noté que había pasado mucho rato ensoñando.

—Ya voy, Panchito mío —contesté, dispuesta a atender su hambre mientras me daba cuenta de que Juan Pablo estaba en línea.

—¿Pasa algo? —preguntó Juan Pablo, sin disimular su fastidio por mi demora.

—No. Estaba ocupada.

"Hablando conmigo ¿y qué?", pensé.

—Tenemos al siguiente candidato esperando la respuesta de cuándo lo entrevistamos.

—Sí, claro. Recordame, por favor.

—Es un compañero de la carrera que tiene interés.

—¿Que tiene interés? ¿Qué quiere decir que tiene interés?

—Que se entusiasmó con la investigación.

—¿Y cómo se enteró?

—Le conté. Es un amigo.

Un enojo súbito se apoderó de mí.

—¡¿Cómo que le contaste?!

Juan Pablo titubeó por un instante, y aproveché para caerle encima con rigurosidad.

—Hemos hablado de la confidencialidad, Juan Pablo. Tenés un protocolo sobre los requisitos para los postulantes. No deben estar informados *a priori* de lo que vamos a hacer para no contaminar el resultado del experimento. No voy a tolerar ninguna desprolijidad. Está en juego mi reputación. —Estaba tan molesta que ni siquiera me detuve a dejarle lugar a las disculpas—. Si sentís que no estás a la altura de la colaboración, dejamos acá.

Y le corté.

Esta falla suya en el reclutamiento nos demoraría un par de días... Podría aprovechar para adelantar la comunicación con Edward...

Me sentí rara hablándole así a Juan Pablo, aunque me amparaba en un criterio de exigencia que este pibe debía respetar.

Lo estaba arrasando del mismo modo que el viento allá afuera arrasaba las impurezas del ambiente.

Pero más rara me sentía acelerando el encuentro con Pisquis, que ahora se convertía en el epicentro de mi atención.

Yo exigía profesionalismo, pero… ¿estaba siendo profesional?

La evocación de la canción campera parecía un mantra de auto-protección que me puse a silbar por el resto de la mañana.

¡Pampero!
¡Viento indómito y mañero,
de ti aprendió la raza
a corcovear furiosa
cuando quiso montarla un extranjero!

Sueño de juventud

—Hola, Edward, buenas tardes.

—Hola, ¿qué tal, Gardelia?

—Bien, gracias por aceptar este contacto.

—Es un placer.

—No sé si sabés de qué se trata mi consulta…

—Tengo una vaga idea… Algo me comentó Ana María sobre un estudio que estás haciendo para conectar los cerebros. ¿Es así?

—Sí.

—Ajá. ¿En qué puedo ayudarte?

—Desarrollé un dispositivo para comprender mejor a las personas, que evita una interpretación subjetiva de ellas mismas y de quien pretende ayudarlas. Una conexión en tiempo real con el otro para saber con mayor precisión a qué se refiere cuando describe lo que le pasa,

lo que experimenta, más allá de las palabras que use para referirse a eso, y, de esta manera, trascender lo psicológico para conocer objetivamente qué emoción, qué sensación está sintiendo el sujeto.

—Qué interesante…

—Y, bueno, si bien mi fuerte no está en la psicología, crecí en una familia en la que el interés por lo humano estuvo siempre presente.

—Entiendo…

—Esto ha sido la motivación de mi búsqueda, pero he estado muy concentrada en los aspectos que tienen que ver con el funcionamiento para generar información concreta. Y, a pesar de que estoy apenas en pruebas preliminares, empiezan a aparecer ciertos resultados que me suscitan dudas.

—¿Y en qué podría serte útil?

—Necesito una mirada más amplia. Intuyo que, en todo esto, hay implicancias que lamentaría no considerar. Necesitaría supervisar mi trabajo. Pero bueno… Supervisar implicaría recurrir a vos con cierta regularidad.

—Sabés que mi especialidad son las redes a gran escala y las neurociencias aplicadas a eso. No sé si puedo serte útil. No entiendo bien cuáles son las dificultades de las que me hablás.

—Tendría que hablarte sobre las expectativas con las que empecé a trabajar.

—A ver.

—Supuse que iba a ser como el tránsito por un agujero negro, a una velocidad de contacto entre neuronas que evitara el estorbo de lo subjetivo. Y resultó que, en la primera interacción, me encontré con resistencias, contradicciones, ambigüedades que no debían estar allí. De hecho, para eso, intento desarrollar este trabajo. La primera duda fue por un mal funcionamiento, pero parece que no se trata de eso. Hay un aspecto subjetivo que me resulta extraño. Como si el contenido real del psiquismo se moviera de una manera que no comprendo cuando me es transferido. Y no sé si eso pasa en el sujeto a propósito o sin que se dé cuenta.

—No logro comprender bien, pero me resulta fascinante. Yo trabajo mayormente desde mi casa. Se me ocurre que podríamos tener una charla personal para conocerte mejor y para que probemos el prototipo. Si pudieras llegar hasta Villavicencio, te pasaría a buscar. Estoy en un lugar inaccesible.

—No sé qué decir. ¿No será mucha molestia?

—Será un placer. Mi interés por estos temas me permite hacerme un lugar en la agenda para atenderlos. Aunque no tenga tiempo —rio—. Pensá cuándo y me llamás. En los próximos días, estoy más o menos disponible. ¿Te parece bien?

Apenas terminamos la charla, me sentí mareada.

Miré al sol entrando por el ventanal de hierro, retaceando su calor como si fuera un foquito débil e incandescente. El "poncho de los pobres", como le decía don Atahualpa, no alcanzaba para todo el mundo. Llevaba ahora su calor a otras latitudes y dejaba, en su mudanza, un ambiente pálido y melancólico.

Sin embargo, algo dentro de mí empezaba a encenderse. Como una primavera a contramano.

No era lógico. Sería de esperar que, a esta altura de mi vida, no sintiera determinadas cosas…

Siempre me representé el tiempo como justo para cada momento. Justo de justicia y de tiempo. Lo suficiente para ser y hacer lo que debía en cada etapa. Pero este momento de expectativas en calma parecía estar siendo inquietado por algo que emergía por la fuerza.

"Debería usar el *empatizador* conmigo misma", pensé.

Sin duda, el disparador de todo esto era Edward. Eso estaba claro.

No podía creer que hubiera sido tan generoso con su disponibilidad.

Me hacía recordar a mis padres construyendo esos espacios íntimos de trabajo. Los momentos en los que se enfrascaban durante noches enteras en discusiones filosóficas que surgían de la materia viva de sus experiencias profesionales, del dolor de quienes los consultaban. Ambos se alumbraban de alguna manera y me alumbraban a mí, en un intento honesto de alcanzar la verdad.

Supongo que era ese el sol que se despertaba en mí justo ahora. Como una promesa de colaboración, de complementariedad, de amorosidad que haría todo más fácil…

Pero ¿qué eran estas lágrimas? No eran necesarias… Así se hacía más difícil pensar. ¿Serían de amor por el conocimiento? ¿Serían de amor fraterno entre colegas?

Pisquis había demostrado que, sin conocerme, colaboraría conmigo. ¿No era un gesto digno de emoción? Alguien que se apartaba a un rincón inhóspito para poder trabajar tranquilo y, sin embargo, estaba dispuesto a hacerle lugar a algo nuevo.

Tal vez, hasta ahora, ninguno de los dos había encontrado a la persona correcta que potenciara sus logros. Eso debía de ser.

Las lechucitas recién llegadas a la rama de su árbol de siempre me devolvieron al presente. Dos siluetas a contraluz sobre el rojo del crepúsculo. Una sola es la que siempre ulula en tono grave, dulce e intrigante. No sé si le canta a su pareja, a la noche que comienza, o para advertir que saldrán a cazar. Lo cierto es que me permiten acercarme en son de paz, en una especie de ritual consensuado que se repite todas las tardes.

Ojos enormes para cuerpos frágiles y plumosos me ven desde lejos en un duelo de curiosidad mutua. Son cuatro los ojos que se mueven al unísono y me sondean sin dificultad, contra los míos, que, penosamente, distinguen algo en la penumbra creciente.

Tal vez, era la representación exacta de mi situación, que podía revertirse con la ayuda de Pisquis.

Hay una virgen

A la mañana siguiente, siguiendo los protocolos habituales, tomé el transporte público hasta Luján.

Tan breve es el recorrido a través del campo cubierto por la helada que vacas y soja se suceden en alternancia surrealista por efecto de la velocidad. No hay tiempo para sociabilizar con el resto de los pasajeros. Apenas alcanza para algún gesto amable en la dársena, cuando se sube o se baja.

Mejor así. Necesitaba con urgencia lograr la serenidad indispensable para seguir trabajando.

Al revoltijo que sobrevino de la charla con Edward se había sumado un malestar que me había aquejado toda la noche. Debía ir a ese bendito lugar, donde el ritual simple y reparador siempre me resultaba efectivo.

Si bien, desde mi casa, no se puede ver la basílica, por los montes que hay en los veinte kilómetros que nos separan, cuando el viento viene del sur o del sudeste, sí se pueden escuchar las campanadas, que me provocan un sobrecogimiento convocante.

Cada vez que pongo el pie en esa plaza, se repite la misma pregunta. ¿Qué hace este monumento medieval en el fin del mundo? No hay nada que lo enmarque, solo una antigua recova y unos pocos edificios coloniales. ¿Qué son esas gárgolas ajenas a nuestra mitología gaucha? ¿Y esas torres filosas color arena que, con rigurosidad, señalan dónde encontrar a Dios? En fin. Allí está el edificio y, como no hay nada que pueda hacer al respecto, simplemente, entro y lo disfruto.

En días de semana, son pocos los parroquianos y turistas. Cada uno lleva su accesorio tecnológico, que es provisto en la entrada, y se abstrae en una misa virtual, impartida desde el ciberespacio. No hay sacerdotes de carne y hueso, solo asistentes. Con un obispo y, a veces, el mismo papa en imagen 3D y una homilía armada a medida de las preocupaciones de los feligreses que envían con antelación sus peticiones. Y hay un expendedor automático de hostias preciosamente ornamentado al mejor estilo barroco, de esterilidad garantizada.

Siempre tomo asiento bien atrás. Mi ritual consiste en abandonarme a la contemplación de la luz que atraviesa los magníficos vitrales;

huelo esa mezcla particular de incienso y humedad emergiendo por los cimientos de caliza de una pampa que transpira; vago en la visión de columnas que se arquean y se vuelven a arquear en cúspides improbables; oigo a los niños correteando por los pisos afiligranados, profiriendo gritos inocentes, que son devueltos ya santiguados; contemplo a las personas absortas venerando la imagen de lo femenino devenido en máxima pureza, destinatario de un culto que abunda en la desproporción.

Ese conjunto de percepciones simultáneas se convierte, dentro de mí, en una atmósfera que me pacifica, indefectiblemente.

Esta vez, la restauración espiritual debía predisponerme para las entrevistas que vendrían a continuación.

Con mis audífonos, que garantizaban privacidad profana, escuché un tango que ameritaba la ocasión: uno con versos de Lord Byron.

> *Hay una virgen de alma cariñosa*
> *tan tiernamente al corazón unida*
> *que separar mi vida de su vida*
> *fuera lo mismo que romper las dos...*

Sin perdón

"La vida se está poniendo *heavy*", pensé con los ojos cerrados, escuchando alrededor un murmullo inquietante. Ahora no estaba en una iglesia, sino en otra especie de templo que podría emplazarse en el purgatorio o en el mismísimo infierno.

Recordaba una sensación similar a los momentos previos de las misas de la infancia: sentada esperando el oficio. Aunque el metal frío de la silla desmentía la comparación con aquella textura cálida y bien oliente de la madera.

Estaba igual de expectante por la promesa de redención, pero, esta vez, era yo quien habría de colaborar, o no, con esa fantasía. Igual de respetuosa, pero no por la iconografía de alrededor, sino por el vidrio blindado frente a mí, símbolo ínfimo pero brutal de cuál era el lado correcto.

Los hombres que cuidaban el ritual no llevaban ropas largas en señal de pureza, sino máscaras, guantes e instrumentos de control.

En mis manos, ningún misal. Solo mis propios guantes, un permiso extendido por la ley y el *empatizador*, que podría pasar por un inofensivo par de auriculares.

El temor. Ese sí era el mismo.

Estaba en un lugar poco ético, inconsistente y en condiciones a las que no estaba acostumbrada. La premura por recolectar material para llevar a Pisquis me hizo recurrir a un juez amigo de mis padres, que me consiguió permiso para hacer entrevistas en un penal.

Entrevistas que podría haber hecho Juan Pablo...

En un lugar donde la omnipresencia de cámaras diminutas vigilaba todo. ¿Acaso no pecaba yo también al colaborar con el paradigma de vigilancia?

El magistrado se había entusiasmado con mi propuesta de que dispusiera de una herramienta que le facilitara su decisión a la hora de morigerar las condenas, dar libertad condicional o fundamentar una *probation*. Pero, claramente, se estaba salteando las formalidades correspondientes.

Al ser algo "extraoficial" (el juez tenía una aceitada relación con el director del penal), me encontré sometida a una incómoda situación e incluso cierta perversidad en las condiciones de mi trabajo.

"Te voy a dar el permiso, pero sin darte detalles sobre las causas de detención de las personas. Quiero saber si la información que vas a recopilar coincide con el historial de cada sujeto", dijo, divertido, el director.

Finalmente, comprendí lo que yo había sentido mientras esperaba sentada y el paralelismo con mi infancia. Una situación de

confesión obligada, la sensación de algo inocente a punto de ser vulnerado y la espera del visto bueno de quien, entonces, administraba la justicia divina.

Hoy se trataba de la justicia de los hombres.

Dicen desde sus caras picadas
que casi nada en este mundo es verdadero,
que mi vergüenza, mi dolor y que estos versos
son una gota de agua en su desierto.

Como abrazado a un rencor

Llegó prolijamente vestido. Bien peinado. Se sentó indiferente del otro lado, como si mi lugar estuviera vacío.

—Antes que nada, gracias por haberte prestado a este encuentro —dije, intentando un acercamiento.

—No hay problema.

—¿Cómo estás? ¿Cuál es tu nombre?

—Lo tenés ahí en la autorización.

—Es verdad, Osvaldo. Perdón….

—¿Esto para qué es? ¿Me lo tengo que poner? —preguntó, señalando el *empatizador*.

—Sí, por favor.

—¿Qué es?

—Es una forma de comunicarnos mejor.

—¿Qué?, ¿sos psicóloga? —inquirió, colocándose los auriculares.

—No.

Con desprecio, se estiró en el asiento. La buena presencia contrastaba con sus gestos despreciativos.

—¿Qué necesitás?

—Estoy haciendo una investigación y hablé con el juez. Mi trabajo podría servir para evaluar las condiciones de tu detención.

—Yo no necesito psicólogo —insistió, clavándome la mirada.

—No lo soy. Simplemente, me gustaría conocerte. Ver cómo es para vos estar acá. Me dijeron que hace muchos años que estás.

—Sí.

—¿Y existe la posibilidad de que puedas salir?

—No sé. La verdad es que ya ni me interesa. El abogado que se ocupa de eso me lo viene prometiendo… Pero ya no me interesa.

—¿Y cómo llegaste a este lugar?

Se tomó un instante para considerar si me respondía. Noté que había hecho rápidamente un cálculo mental sobre la conveniencia de hablar o no.

—Administraba una empresa que pertenecía a una señora muy mayor… —Dudó por un momento en seguir con el relato; me semblanteó una vez más y algo sintió que yo también sentí. Confianza. Yo no representaba ninguna amenaza.

—Y me ocupé de sus cosas, de su bienestar, de su salud…

Percibí, en su discurso, una convicción férrea.

—Ella lo apreció tanto que decidió dejarme todo, pero le dije que no me interesaba. —Se movió casi imperceptiblemente en la silla, incómodo—. Y, de alguna manera, cuando Mabel ya no estuvo, fui haciendo algunas cosas para poner todo a resguardo. Hasta que aparecieron sus hijos, que vivían en el exterior, y me enfrentaron.

—Te percibo en un lugar incuestionable. ¿Qué les pasó a estos parientes que no entendieron todo lo que hiciste? —pregunté, sin ironías.

—Ella los había llamado varias veces para que se hicieran cargo de los negocios, pero no vinieron… Los últimos años de su vida fui yo quien se ocupó de todo, el que mantuvo funcionando las cosas, el que la atendió a ella en su peor momento, el que estuvo ahí para cambiarle los pañales.

—Lo que hiciste merecía una recompensa…

—Era lo que correspondía.

—Lo que correspondía… ¿Una retribución?

—No. Mabel insistió en que yo era el sucesor legítimo de todo lo suyo.

—Pero ¿no era la familia quienes debían decidir lo que te correspondía?

—Mabel los tendría que haber desheredado y no lo hizo. Yo hice lo que tenía que hacer. Poner todo fuera del alcance de estos chicos…

Sentí que, en su fuero íntimo, existía una moral que no sería alcanzada por ninguna ley.

—¿Los unía algún sentimiento amoroso?

—Depende de a qué le llamemos amor. Si es lo que tienen dos personas que saben que pueden contar una con la otra, estaría de acuerdo en llamarlo amor. —Se quedó cavilando por un instante y sentenció a continuación—: Es lo que tiene que hacer un hombre.

Sentí que cerraba la puerta que, sin querer, había entreabierto para mostrarme cómo era su universo. A continuación, solo me dio a conocer sus reglas.

—Se trata de valores, ¿me entendés? Así de simple. Esto es algo que sabés de qué estás hablando o no sabés.

Ya sin contacto, traté de hacerle saber que lo entendía, con la intención de volver a conectar.

—Para vos, no hay dudas. Te sentís orgulloso de haber sido leal y de haber llegado hasta las últimas consecuencias para cuidar lo que era de ella.

—Estar de este lado del vidrio nada tiene que ver con estar equivocado.

Me di cuenta de que el diálogo no solo no cambiaría su situación, sino que podría empeorarla. De alguna manera, él sintió lo mismo y concluyó:

—Yo no necesito alguien que me diga lo que está bien o lo que está mal… Pero, bueno, esto se puso muy filosófico, querida. Esta charla termina acá.

Se levantó y se fue. Mi saludo quedó como una mueca sin destinatario.

Golondrinas

Me dijeron que tenía que esperar unos minutos.

El segundo entrevistado vendría de un sector más alejado.

Estaba con el sinsabor por no haber podido ofrecerle a ese hombre una palabra de consuelo.

Inmediatamente, no solo me di cuenta de que él no la necesitaba, sino de que esa era mi necesidad.

Su realidad era una elección.

La incomodidad me fue ganando. ¿Por qué no lo había hecho venir a Juan Pablo?

Esta disponibilidad era rara en mí. Todo me resultaba forzado, irreal.

Miré a través de una ventana el sector del patio donde los reclusos tomaban sol. Estaban rodeados de mamparas transparentes y, sobre ellos, unos minidrones revoloteaban como pájaros.

En un espectáculo surrealista, decenas de estos artefactos vigilaban a los sujetos a distancias aleatorias con el fin de reportar movimientos y conversaciones.

Incluso algunos se posaban abusivamente sobre sus hombros. Estaban programados con movimientos amigables y veloces por si alguien perdía la paciencia.

Su forma imitaba la de las golondrinas. Y supuse que, para alguno de aquellos infortunados, verlos les evocaría algún tipo de anhelo.

Un escalofrío me corrió por la espalda. ¿Quién podría ser tan siniestro para diseñar un dispositivo de control de aspecto inocente y casi poético?

El sol se me volvió oscuro a pesar de la claridad. Mi ingenuidad pareció estallar en pedazos.

A continuación, sobrevino el desánimo y unas ganas profundas de que esas golondrinas de artificio fueran reales.

Alas rotas

Era tiempo de la siguiente entrevista. Esta vez, se trataba de una mujer.

Algo en mí supuso que sería diferente. Más fácil.

Una mujer detenida debía ser injusto *per se*.

Me sorprendí de tal prejuicio y me obligué a no perder la atención que requería el experimento.

Apenas se hizo presente, surgió en mí una actitud compasiva.

—No sé tu nombre. No me alcanzaron tu carpeta.

—Rosa —dijo tímida, con acento del interior, de alguna provincia del norte.

—Rosa, disculpame. Te cuento, estoy entrevistando a personas privadas de la libertad que pudieran contarme cómo es estar viviendo acá. En tu caso, hablé con el juez que lleva la causa, y este registro podría servir para cuando él revise tu situación.

La mujer parecía disponer de un solo gesto en su rostro, que volvía una y otra vez. Confusión.

—Necesito que te coloques esos auriculares que te van a alcanzar ahora para que puedas charlar un rato conmigo. —Le indiqué a ella y al oficial a su lado.

Me miró con ingenuidad.

—Bueno. ¿Acá en la cabeza?

—Sí, sí, Rosa, gracias. Esperá que yo también me los coloco. Empiezo con una pregunta. ¿Por qué estás acá?

—¿Por qué estoy acá? —me devolvió la pregunta.

Parecía no saberlo.

—Sí.

—Ah. —Se quedó pensando.

—Contame lo que quieras —me apuré a decir, intuyendo que la situación era poco clara para ella.

—Ah. Porque hoy me dijeron que están viendo mi problema, que están viendo si hay alguna… no sé. No sé bien qué quiere decir. Pero me dijeron que hoy tenía que verte a vos a ver si estando con vos…

—En realidad, no quiero crearte expectativas. Yo estoy haciendo algo que, tal vez, sirva en algún sentido. —Con el afán de cuidarla, me estaba contradiciendo.

Se quedó mirándome sin entender.

La confusión se me hizo presente a mí también. No estaba claro si era mía o era de ella.

—No sé qué necesitás saber de mí. Pero bueno… Nací en el Chaco, en un pueblito cerca del Impenetrable. Éramos muchos hermanos. Nueve. Trabajamos desde muy chicos. Los varones afuera y yo con mi mamá, en la casa. Mucho no me gustaba, pero había que hacerlo. Cuando ellos volvían, había que atenderlos. Mi mamá corría y nos hacía correr para servirlos. La vida era fea, así que me escapé… Me vine para acá…

La escuché como dentro de una nebulosa sucia que me compartía.

—Me gané la vida con distintas cosas hasta que conocí a un hombre y nos fuimos a vivir juntos a una pensión. Y, nada, estando con él, cada uno trabajamos en lo que pudimos, él de albañil y yo limpiando… y tuvimos hijos… y empezó a tomar.

Se detuvo un momento solo para emitir un breve suspiro que no alcanzó para aliviarle nada.

Sentí que estábamos perdidas. No sabía qué preguntarle.

Ella continuó maquinalmente:

—Estuvimos un tiempo juntos, y yo no sabía… bueno, sí sabía, porque, en mi casa, mi papá también tomaba y se le iba la mano…

Se quedó mirando el vacío, como si algo invisible se estuviera representando en el aire. Ya no sabía dónde estaba yo y dónde ella.

—Mis hijos tuvieron que vivir así. Y después tuve más chicos. Y una vida… una vida de mierda —lanzó la última palabra con una carga que engrosó su voz.

Sentí, en medio de aquello, que alguien debía venir a rescatarme.

Para mi sorpresa, ella se dio cuenta. Como habiendo recuperado

la cordura por un momento, me preguntó con tono entre indignada y confidente:

—¿Vos sabés lo que es un borracho?

—No.

—¿Sabés lo que es vivir con un borracho? —insistió.

—No.

Y, sin palabras, me mostró eso. Como si operara dentro de mí, estrujó mi garganta, me oprimió el pecho y no permitió que ningún grito saliera de mí. Fue breve, preciso y brutal, y desalojó de mí cualquier intención por querer entender nada más.

Quedamos en silencio. Ella con sus ojos huecos sin alma; yo, con los míos empañados por las lágrimas.

Los minutos se me hicieron eternos mientras una calma extraña me inundaba.

Me dijo sin mirarme:

—Lo único que quiero… es sentir lo que sentía cuando era chica, cuando podía escaparme… a unas pocas cuadras. Allí donde a nadie se le ocurría buscarme.

—¿A dónde, Rosa? —pregunté, tratando de sobreponerme y secándome la cara con la manga.

—Al cementerio… Para poder estar en paz.

No sé cuánto pasó, pero, finalmente, una mujer de uniforme vino a buscarla y la condujo con cuidado, como si fuera un objeto frágil a punto de romperse.

Esperé que la oficial volviera y le pregunté cuánto tiempo le quedaba de condena.

—Veinte años —respondió con lástima.

El malevo

… Lo tengo que decir: muñeca pa´ tallar

No había logrado darme un respiro cuando otro uniformado llegó con un muchacho joven, con un corte de pelo muy cuidado pero raro, como de pertenencia a una tribu carcelaria particular.

Me hubiera gustado contar con tiempo de ir hasta el expendedor de bebidas para sacarme la sensación de estar atragantada.

—Hola, ¿cómo estás? ¿Cuál es tu nombre? —pregunté sin mirarlo, ocupada en encontrar su legajo.

—José.

—José.

—¿Quién sos vos? —me increpó con una voz deformada y distintiva de cierta jerga.

—Gardelia. No sé si te avisaron que iba a venir.

—Ah…

—Estoy haciendo un trabajo. —Seguía yo enfrascada en el procedimiento—. Me estoy acercando a las personas con este dispositivo: acá hay un juego. Uno para vos y uno para mí.

—Ah… ¿Y qué querés?

—Quiero charlar un ratito.

—¿Sobre qué?

—Sobre tu vida, qué hacés acá. —Recién ahora tomaba conciencia de que había alguien sentado frente a mí.

—¿Y de dónde venís? ¿Dónde vivís?

—Eh... Vivo acá cerca. ¿Podrías ponerte eso en las orejas?

—Sí, dale. —Le daba lo mismo.

—¿Cómo estás? —le dije, mirándolo fijamente y tratando de ser simpática.

—Estoy bien.

—¿Estás bien?

—Sí —dijo, cruzando los brazos y acurrucándose.

—¿Cuánto hace que estás acá?

—Uh… Hace un montón.

—¿Cuántos años tenés?

Simuló que pensaba.

—Veintinueve.

—¿Y cómo llegaste a este lugar?

—Me trajeron —se rio, burlón.

—Estás de buen humor.

—Ponele.

—¿Te hiciste de amigos adentro?

—¡Tengo un montón de amigos! —se entusiasmó—. Pero guarda... acá soy el jefe.

—¿Jefe de quién?

—De todos.

—Se te nota seguro.

Sentí una presencia acercándose por detrás. Alertada, me di vuelta, pero, por supuesto, no había nadie cerca. ¿Era producto de mi imaginación o del dispositivo?

—¿Sos casada?

—Sí.

Me miró achicando los ojos, escudriñándome.

—No sos casada... —afirmó sin miedo a equivocarse.

Sentí que mi silla huía hacia atrás llevándome consigo. Traté de permanecer focalizada.

—¿Tenés hijos? —preguntó sin pudor, a pesar de que el entrevistado era él.

—No, no tengo. Tenés ganas de saber sobre mí, parece.

—Sí, sí. No estás casada —dijo, dando por respondida la pregunta, adivinando que yo mentía.

—¿Cómo es esto de ser el jefe? Debe de ser difícil vivir acá, ¿no?

—No. Es muy fácil... muy fácil —se ufanó.

—¿Y, afuera, era igual?

—No, acá es mejor —afirmó compartiendo con un gesto sobre la ventaja de su posición—. Afuera tuve que "ordenar" a varios que no me respetaban. ¿Entendés?

—Más o menos… Y, ¿cómo llegaste?

—Me trajeron, ¿viste? Me trajeron porque dicen que allá afuera estuvo todo mal. Puede ser. Pero hay que hacerse respetar… Me lo enseñaron mis hermanos.

—¿Te pegaban mucho? — arriesgué, habiendo sentido algo que pudiera representar cierto sufrimiento oculto.

—¿De dónde sacás eso?

—Me dio la sensación de mucho dolor, tristeza, encierro —dije sinceramente, por los destellos de contacto.

—¡Mira vos! ¿Y cómo sabés eso?

—Por este dispositivo. Para eso vine.

Se sacó el auricular, lo miró con curiosidad y, divertido, se lo volvió a poner.

—Ah, mirá. Tené cuidado dónde te metés.

—¿Por qué me decís eso? —pregunté, simulando que no me inquietaban sus palabras.

—Tené cuidado; meterse acá adentro es peligroso —dijo señalando su cabeza.

—Se siente como un remolino —insistí sincera.

—Remolino es cuando me pongo loco —me corrigió—. Me pongo loco, loco, loco… Más vale que estés lejos.

—Ni vos te conocés cuando te ponés loco, ¿no?

—Y, no… Pero tampoco te quiero asustar.

—No me asusto —intenté demostrarle.

—Deberías. Un poquito. Porque vos después le vas a ir a chamuyar al juez y va a ser una cagada. Yo te conozco.

—¿Me conocés? —le pregunté medio desorientada y molesta por su actitud.

—Sí, te conozco y, si hace falta, te mando a buscar. ¿Sabés?

—¿Por qué tengo la sensación de que te sentís acorralado? —lo desafié, intentando retomar el control de la conversación.

—No, no. Te vas mucho de boca. ¿Cómo te llamás?

—Gardelia.

—Te vas mucho de boca, Gardelia, eh. Suponés muchas cosas. No me conocés.

—¿Alguien te conoce bien? —intenté retomar con amabilidad.

Pareció reflexionar sesudamente.

—¿Sabés quién me conoce bien?

—¿Quién?

—El tipo que me mira a los ojos cuando estoy a punto de pegarle un tiro en la cara. Ese tipo sí me conoce.

Me quedé muda y sintiendo la boca seca y un río de aceite espeso corriendo por las venas.

—Se da cuenta. Se da cuenta de quién es él y quién soy yo.

—Pero esa persona, en ese momento, debe de estar aterrorizada —me animé a decir para ver si se conmovía.

Asintió con un gesto de sabiduría.

—Sí. El miedo. Eso hace que te conozcan.

No pude mirarlo más a los ojos. Me saqué el auricular y simulé buscar algo entre mis cosas mientras me desmoronaba.

—¿Querés que dejemos acá? —me preguntó con indulgencia, evidenciando un total control de la situación.

—Sí, sí… Gracias. Me tengo que…

Se ocupó de llamar al guardia y se fue, no sin antes acercarse al vidrio, en un intento final de que lo mirara. Me susurró:

—Tené cuidado, bocona.

Quiero huir de mí

—¡Juan Pablo! ¿Dónde estás? ¿No quedamos en que llegabas antes y me esperabas afuera? —le reclamé por teléfono mientras caminaba a toda velocidad hacia la salida, sin importarme si se notaba o no mi enojo. O, mejor dicho, quería enojarme con él—. ¿Dónde estás? ¡Vení ya!

Habíamos acordado que alquilaría un vehículo eléctrico para evitar las restricciones horarias del transporte público.

Como si adivinara que todo esto había sido mucho para mí, el juez, alertado sobre la finalización de las entrevistas, se me acercó para ver cómo había resultado todo.

Intenté recuperar mi apariencia acomodándome el cabello, la ropa, sacudiendo algún polvo inexistente y guardando mis cosas.

—¿Y, Gardelita? ¿Cómo anduvo todo?

—Bien… muy bien.

—¿Te fue como esperabas? —preguntó, señalando los auriculares que aún no había guardado.

—Sí, sí… Voy a transcribir las entrevistas para ver si te sirven —le dije, intentando aparentar profesionalismo.

—No te aflijas, no hace falta —dijo complaciente y, a continuación, añadió simulando severidad—: Va a ser difícil que eso condicione mis decisiones.

Dándose cuenta de que la situación me había superado, quiso hacerme sentir bien. Parecía que eso era lo único que le importaba.

—Vamos, que te llevo hasta la capital. Mi visita de hoy ya terminó. Tomemos allá un café y charlamos de tus viejos. Los extraño —dijo con afecto.

Yo quería huir a casa.

—Te agradezco… pero mi asistente está esperándome afuera.

—Ok. Te acompaño, entonces, hasta la puerta.

Caminé torpemente. Quería mantener cierta actitud, pero el cuerpo no obedecía.

—Voy a hacer un informe psicológico de cada uno de los entrevistados. Así, tendrás una estimación del estado actual de la conciencia moral de estas personas —arriesgué, sin tener la menor idea de si podría ofrecerle tal cosa—. Para que evalúes el progreso de la rehabilitación —insistí descarada.

Lo que pretendía con esa cháchara era que no se notara que lo único que me importaba era la distancia hasta el portón de entrada.

—Sí, no te preocupes, Gardelita —dijo, dándome una palmada afectuosa en la espalda—. Cuando vos quieras, me venís a ver o me mandás eso.

Una vez en la vereda, me di cuenta de que había olvidado los guantes, pero, de ningún modo, volvería por ellos. Era más urgente irme, y, gracias a Dios, allí estaba Juan Pablo. Sorprendido por mi destrato, pero allí estaba.

Me apuré a saludar al juez con cierta compostura y, cuando el amigo de la familia hubo desaparecido de nuestra vista, me sorprendí a mí misma aferrando el brazo de Juan Pablo. Y, sin poder evitarlo, le apliqué un pellizco en su brazo desnudo, por el retraso.

Juan Pablo, sin salir del asombro, ni se animó a preguntar por mi conducta.

—Sacame de acá y no me preguntes nada —le ordené, hundiéndome, a continuación, en una congoja que me acompañó por un largo trecho.

El aguacero

… Y la Pampa es un verde pañuelo,
colgado del cielo, que quiere llorar…

Hay veces que lo de adentro coincide con lo de afuera.

Así fue la vuelta con Juan Pablo en el vehículo autónomo, en medio de una fuerte tormenta.

Preferí creer que había recurrido a él con tanta vehemencia por la necesidad de volver a mi casa lo antes posible y no por una suerte de debilidad o necesidad de ser rescatada. El hecho era que no me animaba a mirarlo, sintiéndome abochornada.

En mi abstracción, mirando por la ventanilla, tardé en darme cuenta de que seguía aferrada a su brazo. Él no dijo nada. Ni siquiera se incomodó por lo incómodo de la postura.

Confié en que aquello estaba bien. Y en que, en algún momento, compensaría esa disponibilidad suya con una palabra, un gesto o algún reconocimiento.

Los nubarrones tapaban el sol, lo que exageraba el propósito. Las tormentas tienen esa cosa de sobreactuación. Y esta espejaba la experiencia vivida en el penal hacía un rato nomás. Mi persona había sido arrasada por la inclemencia.

Veía, desde el habitáculo, el viento sacudiendo los árboles, poniendo en riesgo los techos de los caseríos rurales. Alisando y estirando las cosas con intención de deshacerlas.

Pensé que la naturaleza también anticipaba, para quien sabía ver, cuál sería el castigo. Los animales, por lo general, anticipan lo que se viene y pueden ponerse a resguardo. Incluso los insectos.

Pero nosotros parecemos incapaces de anticipar el desastre. Como si estuviéramos imposibilitados de prever consecuencias de lo que hacemos.

Un papel arrojado por una ráfaga de viento se pegó del lado externo de la ventanilla y me dejó sin visión por un instante. Parecía otra metáfora de lo vivido. Como si un libreto cientificista me hubiera obnubilado y hecho creer que podía andar, así como así, por realidades tan ajenas a mí, sin siquiera haberme ocupado de concebirlos preventivamente.

Nos movíamos en un sentido transversal al aguacero y, a los pocos kilómetros, la atmósfera se despejó y dejó un campo reluciente por el paso de la lluvia.

Me mantuve en silencio durante el resto del viaje. Con la tranquilidad de que Juan Pablo entendía que necesitaba estar así para recuperarme.

No sé si por efecto de las entrevistas o del dispositivo, mi cerebro se había exacerbado. Como queriendo exorcizar los ecos de las

tormentas de quienes había conocido apenas recién, me entretuve jugando con el paisaje, tocando cada cosa que veía como si, de repente, hubiera adquirido una facultad cinestésica.

Pasé la mano imaginaria por los campos y los sentí redimidos, mojados, limpios. Palpé los lomos de las vacas, la humedad de sus cueros. Acaricié las copas de los eucaliptos, evitando pincharme con las ramas. Ahuequé la palma para proteger a un pájaro perdido. Me abrí paso en un maizal, separando las hojas ásperas, queriendo perderme en los surcos.

Como si pudiera entrar en las cosas y ser junto a ellas.

Desde la seguridad del brazo de Juan Pablo, me permitía arriesgar percepciones alucinatorias placenteras.

Un tropezón

… Un tropezón
cualquiera da en la vida,
y el corazón
aprende así a vivir…

Pancho presiente cuando estoy llegando. Varios kilómetros antes.

No es por efecto de nuestro contacto virtual, sino como una conducta de comunicación frecuente que se produce, sin explicación racional, entre algunos perros y sus dueños.

Se acuesta al lado de la tranquera (lo he corroborado en las filmaciones de seguridad) para empezar a ladrar cuando a mí me falta, más o menos, un kilómetro para llegar a casa.

Como él no conocía a Juan Pablo, me preocupé un poco.

Para mi sorpresa, cada uno completó un ritual de gestos que buscaban establecer confianza y que, con cuidado, debían ser correspondidos.

Juan Pablo le acercó la mano para una caricia. Pancho lo dejó hacer mientras lo olfateaba. Le trajo un palo para que se lo arrojara lejos, y este, a su vez, debió correr la pierna en el momento justo en que Pancho se disponía a marcarlo como parte de su territorio.

"Buen chico", dijo Juan Pablo mientras le daba palmaditas en el lomo. "Buen muchacho", escuché decir a Pancho a través de nuestro intercomunicador, mientras jadeaba como perro que no precisa conocer mucho más de un ser humano.

—Los dejo un rato solos. Necesito reponerme —anuncié.

Me recosté vestida y dormité entrecerrando los ojos, dejándome encantar por la visión de los dos nuevos amigos que hacían su intercambio en el parque.

Luego de unos minutos y para terminar de recuperarme, puse uno de mis tangos favoritos: "La Yumba", de Osvaldo Pugliese, sabiendo que ese tema ayudaría a revitalizarme.

Parada frente a la ventana y mirando al exterior, se me ocurrió que Juan Pablo podría haber estado allí desde siempre. Era una sensación desprovista de emoción, pero verosímil. Tal vez, fuera producto de la manera con la que Pancho consentía su presencia.

Este tema de ritmo obstinado me produce el mismo efecto desde siempre. Cierro los ojos, me abandono y dejo que todo dentro de mí se sincronice. Cuerpo, emociones y pensamiento.

Sumida en ese disfrute, no advertí que Juan Pablo había entrado en la casa, pronunciado en voz baja un *permiso*, para luego agarrarme con una mano y llevarme al centro del *living*, asiéndome con la otra por la cintura y pegando la cara contra la mía.

Una situación que era inevitable. Ni siquiera se trataba de algo personal. Juan Pablo no pretendía bailar, sino solo escuchar abrazados ese tema casi religioso. Como si los dos hubiéramos caído en un surco de armonía y contrapunto donde, simplemente, había que abandonarse a un mínimo balanceo acompasado.

Un ensueño nos envolvió, aunque la hora del mediodía no propiciaba ninguna intimidad. Cada uno en un estado de circunspección reverencial hacia "Don Osvaldo" y su tema, que imantaba la casa.

—Y ahora, ¿qué hacemos?

—¿A qué te referís? —le pregunté.

—Vamos a tener que informar de nuestro contacto.

Recién entonces caí en la cuenta. Habíamos quedado registrados en las cámaras del presidio cuando salimos. Lo había tomado del brazo sin protección y, tarde o temprano, el Estado iniciaría un protocolo de averiguación sobre el contexto de nuestro contacto.

—Entre nosotros no hay nada —le dije segura.

—Ya lo sé, pero tendríamos que haberlo pensado antes. Si no informamos de inmediato, nos vamos a meter en problemas.

Quise deshacerme de su abrazo, pero me contuvo contra su cuerpo. Era imposible romper el embrujo de la música.

—Ya es tarde —dijo él.

—Entre nosotros no hay nada —insistí.

Pero la humedad en la mejilla de Juan Pablo y la transpiración de sus manos me desmintieron. Él también ahora se había sacado los guantes. En un instante, habíamos roto las reglas que veníamos sosteniendo desde hacía años.

Permanecimos en silencio siguiendo la cadencia de aquel hechizo. No nos importaba ni la posibilidad de un contagio ni el engranaje sanitario que, seguramente, se había puesto en marcha hacía un par de horas.

Del otro lado del vidrio, Pancho observaba la escena que parecía no querer concluir. Volteaba la cabeza y daba ladridos tímidos y cortos. Estaba celoso.

Me sentí como debía sentirse un pájaro al que le abrían la puerta de la jaula donde había vivido toda su vida y no entendía qué significaba eso.

Curiosidad, excitación y un borbotón de sensaciones se agolpaban esperando a que yo las habilitara.

De pronto, sentí, en el cuerpo, un peligro inminente y, con violencia, empujé a Juan Pablo y lo hice trastabillar.

—¿Qué pasa? —preguntó sorprendido.

—No sé… Disculpame —le dije, ayudándolo a incorporarse—. Dejame sola, por favor. Yo te llamo y vemos cómo hacemos.

Va llegando gente al baile

… Va llegando gente al baile y a bailar.
… Que en el compás,
en el compás del tango sentimental,
yo encadené mis sueños…

A la mañana siguiente y a pesar de estar aún abatida y confundida, se me vino a la cabeza con total claridad la obsesión de mi padre por el origen del tango. No tenía nada que ver, pero, por alguna razón, se me hizo patente ese recuerdo.

Sus interminables charlas sobre la influencia de la cultura afro en el baile, en su ritmo, y hasta en la designación del local donde bailaban los esclavos.

De cómo el vocablo *tango* fue designando mixturas musicales en el nuevo y en el viejo continente, que aún hoy son motivos de debate.

Pero había un dato que a mi padre le encantaba citar como curiosidad obvia y, al mismo tiempo, poco evidente: la etimología de la palabra en latín, *tangere* `tocar´.

Y es que el tango nacido en los arrabales está ligado, en sus comienzos, a una danza que, de tan pecaminosa, solo podía ser bailada en público entre los hombres. Ningún otro baile en la historia de la humanidad propició un contacto tan íntimo entre dos cuerpos.

El tacto, quizá el más sensual de los sentidos, es el que rápidamente nos conecta con los afectos. Tocar, me imagino (porque no he tenido más que una poca evidencia en mi infancia), es el precursor de las emociones y las pasiones.

Se me ocurre que no fue casual que el tango bailado se revitalizara en todo el mundo al mismo tiempo que recrudecieran los virus. Fue una manera de institucionalizar la necesidad del contacto y poner la interacción de los cuerpos bajo vigilancia.

Súbitamente, entendí esto desde otro ángulo. Efecto de haber quedado ante la posibilidad de ser procesada, señalada por las autoridades como "infectada" y tener que decidir entre vivir donde estoy, aislada o acompañada pero vigilada, o exiliarme voluntariamente en alguna comunidad separada del resto de la sociedad.

Juan Pablo había mencionado un vínculo con alguien que vivía en uno de esos lugares. No le presté atención en su momento, pero ahora recuperaba la curiosidad por conocer más detalles.

Aparecía en mi mente de manera disruptiva la posibilidad de tener que vivir de otra forma, incluso junto con un compañero. Más allá de quién fuera.

Demasiada cosa para prestar atención en este momento en el que debía seguir con mi trabajo. Pero, al mismo tiempo, se me imponía como una urgencia que atender.

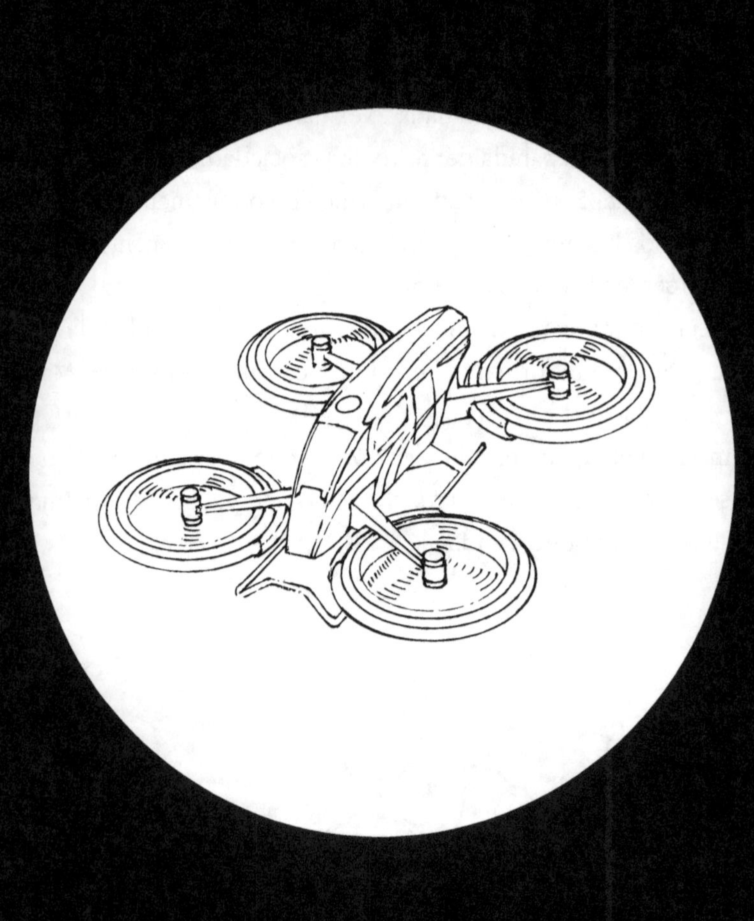

PARTE 3

La veRdaD

Desensillá hasta que aclare

… Desensillá hasta que aclare,
si es al ñudo acometer,
el que atropella más tarde
es el que sabe correr…

Llegar a la ciudad de Achiras, en el límite entre Córdoba y San Luis, representó menos de una hora en el transporte público presurizado. Al salir del habitáculo, el cambio de clima se me hizo tan brusco que tardé unos minutos en adaptarme del paisaje húmedo de mi zona a este tan seco.

A pesar de que mi aplicación indicaba claramente cómo llegar caminando hasta el hostal, preferí no tenerlo en cuenta y recorrer el lugar.

Resultó ser un pequeño pueblito de casas bajas, vacías a esa hora de la tarde, donde un criterio arquitectónico centenario parecía respetar una premisa única: la modestia del mínimo gesto ornamental, que hacía de cada pequeña insinuación de estilo un lujo para el paisaje áspero circundante.

La serranía insinuada bajo las calles se fugaba en perspectiva como lomos mansos de montañas que llegaban sin fuerza desde el norte.

El polvo estaba presente como pátina en cada cosa. Veredas, patios y rostros parecían no resistirse al pulido del viento.

Me entregué al placer de caminar sin tiempo a pesar de cargar la mochila.

Me crucé con una o dos sonrisas de bienvenida de algún niño y con el gesto adusto y celoso de quien no acepta forasteros.

Sucumbí al impulso universal de averiguar dónde estaba la iglesia y me dejé deslizar por la calle con más pendiente, segura de que desembocaría en el arroyo, punto de reunión obligado del pueblo.

Pero, por más que me esforzara en perderme, mi hospedaje estaba muy cerca desde cualquier ángulo, como un centro de gravedad al que, finalmente, me rendí.

Llegué, entonces, hasta una puerta de alambre, preámbulo de un pasillo enmarcado entre plantas, donde, al fondo, parecía esperarme, desde hacía rato, una señora con delantal de colores vivos y cabellera blanca sin peinar, tan natural como un arbusto más que hacía juego con el entorno.

Por encima de la cabeza, podía leerse un cartel con una frase extraña a modo de bienvenida: "Este no es solamente un lugar de paso".

—Adelante —me dijo, como si fuera la única pasajera del día, con una amabilidad que contrastaba con la severidad del mensaje en la pared—. ¿Cómo es tu nombre? —preguntó, mientras chequeaba su aplicación.

—Gardelia.

—Ah, sí. Acá te tengo… Pasá, pasá. Te llevo hasta la habitación.

Detrás de la casa, la vegetación era aún más enmarañada, con un sendero estrecho de ladrillos que desembocaba en una galería de cuartos con vista a la sierra.

—Acá dice que te quedás un día solamente.

—Sí.

—Bueno, haremos que te sientas cómoda.

Me mostró el cuarto y el baño. Me trajo las toallas y me dijo que la cena podía tomarla cuando quisiera.

—Gracias. ¿Cuál es su nombre?

Con una mirada dulce que no traslucía ningún resentimiento, me dijo algo que me dejó perpleja:

—Sinceramente, no sé si vale la pena decírtelo. Mañana lo habrás olvidado. Y, para mí, el nombre es algo muy importante.

Sentí que era honesta hasta el punto de resultar descortés. Se dio cuenta de mi afectación y, sin perder la sonrisa, redobló la apuesta:

—Además, este no es solamente un lugar de paso.

Ansias

Me desperté con un sol que demolía desde el primer minuto. Con tal sequedad en el ambiente que hacía escasa la presencia de pájaros, lo que me dejaba insatisfecha en cuanto a mi necesidad de amanecer siempre con ellos. Distinguí solo el bullicio de gorriones, que nunca lograrían el canto y que tan solo servían para hacer evidente la actividad humana en cualquier latitud.

Apenas salí del cuarto, vi a la dueña de casa en un rincón de la galería, tomando unos mates en una mesita medio enclenque.

—Acá sí que se puede descansar —dije, bostezando con timidez por sus dichos del día anterior.

—Se siente la diferencia, ¿no?

—Sí, el aire de la sierra…

—¿Qué te gustaría desayunar?

—Café cortado con leche y algunas tostadas. Si tuviera mermelada casera…

—Acá, todo es casero. La mermelada, el pan…

—¡Qué bueno! —respondí, mientras me acomodaba en una sillita de paja.

Ella se ausentó tras una cortina de tiras plásticas durante un par de minutos para volver con una bandeja suculenta.

—¿Tenés que seguir viaje? —inquirió.

—Sí, voy a Mendoza; me sugirieron pasar antes por esta localidad. Le iba a preguntar cómo llegar al Asentamiento 12 que, me dijeron, está por acá cerca.

—Claro que puedo indicarte. Parecés muy ocupada.

—Sí, sí. En realidad, no quisiera estar así, pero…

Mientras, con una mano, disfrutaba de las delicias de la casa, con la otra enguantada, revisaba mi mochila. Ella miraba con interés.

—¿Qué es eso? —preguntó, refiriéndose al *empatizador* que había colocado sobre la mesa.

—Esto es algo que… uso para trabajar. Es medio complicado explicarlo.

Ella se mantuvo focalizada en mi invento, esperando una mayor aclaración.

Tomándolos, reflexioné en voz alta:

—Es un auricular, pero sirve para… No sé, a veces, pienso que soy medio complicada… Estando acá, esto me parece una cosa innecesaria.

La mujer pareció comprender cómo me sentía y agregó:

—La vida aquí es bien distinta.

—¿Hace mucho que vive acá?

—Desde siempre.

—¿Y está sola?

—No, con mi marido y cinco hijos. Un poco cumpliendo la ley de Dios, ¿sabés? Ese es el sentido.

—¿Eligieron vivir juntos y recluidos?

—Sí, claro. Y tomamos la decisión de jovencitos. El precio de esta paz en la que vivimos fue que, periódicamente, nos monitorean los médicos, y la policía controla nuestros movimientos, sobre todo, los de mis hijos… Yo me río. ¿A dónde vamos a ir? Acá es donde queremos estar. —Y, volviendo la mirada a mi invento, insistió—: Me da mucha curiosidad ese aparato.

—¿Quiere probarlo? Si usted se coloca este y yo el otro, podremos saber lo que siente cada una.

—¿Es magia?

—No, no. Soy ingeniera y esto es para contactar sin que medien tanto las palabras.

—Ah, me das risa. La gente de la ciudad es así. Lo que nosotros vivimos ustedes lo inventan.

La mujer parecía una niña manipulando un juguete.

Me sentí imprudente accediendo a intentar una conexión sin haber asegurado las condiciones del experimento.

—¿Le doy risa?

—Me hacés acordar a cuando era chica.

—A veces, me pregunto si no estaré jugando en vez de trabajando —confesé, mientras le mostraba cómo ajustarnos los auriculares en las cabezas. Una vez puestos, saqué un tema para empezar a intercambiar contenidos:

—Qué lindo esto de pertenecer a la tierra, ser parte del lugar, ¿no?

—Sí, es así. Te podría contar miles de anécdotas que tienen que ver con eso. Pero no sé si entenderías.

—Pruebe —dije, señalándome la cabeza—. Yo tendría que ir sintiendo por acá lo que me quiere explicar.

—Bueno… Por ejemplo, recuerdo mi infancia cuando nos tirábamos en el pasto y empezaban a caminarnos las hormigas por encima y mamá nos advertía… Había cosas que, para las niñas, no correspondían, pero yo era una entre varios hermanos varones y me gustaba sentirme como ellos. Jugar a pelear, saltar, rodar por el pasto y mirar el cielo juntos… incluso de noche, cuando venían las estrellas.

Sentí lo que me contaba.

—Una vez, con los ojos abiertos, perdí la noción de espacio y no sabía si estaba arriba o abajo… Era como… cómo podría decirlo: como pertenecer a algo más grande. Estoy sintiendo que te sorprendés —dijo extrañada.

La comprensión iba y venía.

—Sí, y es algo que yo también sentía de chica… Como un paraíso perdido, ¿no? Como algo que nunca volverá a ser. ¿O para usted puede seguir siendo?

—Para mí, sigue siendo así, ahora. Muchas veces, me pregunto si estoy adentro o afuera.

Hizo una pausa y suspiró.

—Todo pasa, y la que no pasa soy yo. Sigo estando… y veo a mis hijos crecer; ya soy abuela; veo jugar a mis nietos… Todos usan la palabra "contacto" como algo que está amenazado o se perdió. Pero, para mí, es natural y no tiene que ver con el tocarse. Contacto es otra cosa, y este es un lugar para que la gente que anda un poco perdida por el mundo pueda parar…

La frase coincidió con una sensación que nos envolvió a las dos, a la casa, a la sierra rojiza, a esa hora de la mañana.

—No sé cómo te suena todo esto —preguntó.

—Me suena que este lugar es para ser, sin tener que ir a ningún lado… Pero yo estoy de paso. Tengo que resolver unos asuntos.

—Tengo una sensación rara en el cuerpo… de inquietud —dijo.

—Soy yo… Algo me empuja y no se bien qué es. No lo tengo claro.

—¿Esto es lo que no te deja quedarte quieta?

—Sí. Busco algo. Me encantaría quedarme más tiempo acá, con usted… pero no puedo.

Origen y destino

… Si lo que cuesta vale, vos lo sabés en serio.
Aprecio tu criterio entre tanta aspereza
de enriquecer caminos a fuerza de grandeza,
de fugas y misterios...

En un intervalo de la conversación, noté la paradoja de no saber cómo se llamaba y, a pesar de eso, sentirla tan familiar. "La sin nombre" sería una bonita forma de recordarla cuando me fuera.

—Siento un olor intenso, ¿hay campos de aromáticas?

—Ah, sí... Acá hay mucho de eso.

—Parece lavanda.

—Hay plantaciones de lavanda, romero… ¿Te gusta?

—Me encanta. Si yo pudiera tener estos olores más cerca… Allá, en mi casa, vivo rodeada de maíz y soja...

—Sentís como si este lugar fuera un regalo, ¿no? —arriesgó.

No me incomodó que estuviera percibiendo mi intimidad.

—Sí. Me doy cuenta de que estar acá me produce mucho placer. Y siento esa actitud de tu parte, de recibir. Como una madre.

Sin querer había empezado a tutearla y a ella no le incomodó.

—Y, será que estoy acostumbrada —dijo con dulzura.

Sorprendida, señaló en dirección al piso, a un costado.

—Mirá, Panca se echó a tus pies.

—¿Quién? —pregunté abstraída.

—Panca. Nuestra oveja.

—No me di cuenta. Parece una mascota.

—Es parte de la familia. Siempre se mueve sigilosa por la casa. Me llama la atención que se acostó tan cerca de vos; es arisca… Se ve que ella también siente que te gustaría quedarte.

—Me lame. ¡Qué lengua áspera! Yo también tengo una mascota. Pancho, un perro que vive conmigo. Ahora lo está cuidando un amigo… En realidad, no es un amigo… un colaborador que me está ayudando con los trabajos.

—Te emocionaste por los dos.

—No sé. Creo que me emocioné por Pancho. Es como hablar de alguien querido…

Me quedé acariciando al animalito pomposo y blanco sintiendo, al mismo tiempo, una dulce melancolía por Pancho.

—No tengo hijos y no voy a tener. ¿Esto que siento es parecido a tener un hijo? —me animé a preguntarle porque intuía que podía confiar en ella.

—Lo que sentís parece entrañable. Como por alguien que sabés que te espera.

—Sí. ¿Eso sería tener un hijo?

"La sin nombre" me miró con ternura y no respondió.

—¿O es algo más sagrado para vos? —insistí.

—Es más sagrado. Mi vida tuvo sentido a partir de ser madre.

—Qué raro debe de ser eso… Si no hubieras sido madre, ¿tu vida no habría valido la pena?

—Y, no. ¿Para qué vivir?

—Uy, qué tajante suena. Yo, entonces, me encontraría en un problema —la cuestioné con ironía.

—Te digo cómo es para mí… Cada uno elige, ¿no?

—Supongo que sí. Familias como la tuya, personas solas como yo…

Nos quedamos un rato en silencio, consustanciadas cada una en la propia sensación de cómo era vivir eso.

—¿Y qué opinás de los que eligen vivir en comunidad? —retomé, refiriéndome, sin decirlo, al asentamiento que visitaría en un par de horas.

—Mmm, no sé. —Advertí el gesto de contracción y sentí que era un tema que no estaba dispuesta a tocar.

—¿Qué pasó? Te siento incómoda.

—No sé qué decir. Para los que somos del pueblo, es un tema del que no hablamos —dijo, dejándome en claro que no ahondaría en eso.

Se me generó la duda de estar yendo a esa comunidad por sugerencia de Juan Pablo, quien había preferido no darme mayores detalles para no condicionar mi visita. Ahora esta señora me advertía, sin proponérselo, de algo sobre el lugar que no estaba claro.

Soporté su silencio por respeto un rato, pero no pude evitar volver a la carga:

—Esto que me planteás me despierta temor. ¿Podrías aclararme un poco cuál es el problema?

—No puedo decirte mucho. La verdad es que no sé bien de qué se trata… Solo que, para el pueblo, es un lugar de muerte.

Pude sentir lo que me decía como un tema tabú, que debía dejarse de lado para poder seguir viviendo normalmente en la zona. Las palabras eran acompañadas por la sensación de una niebla espesa que se cernía sobre el pueblo como una amenaza.

—¿Sabés si tienen alguna creencia, alguna ideología?

—La verdad es que no sé y no quiero hablar sin saber. Se los ve haciendo lo suyo con convicción. Y, aunque, en ocasiones, se acercan al pueblo por provisiones, están obligados por el Estado a no sociabilizar con nosotros.

—Juan Pablo me sugirió encontrarme con una referente de ese lugar, una tal Juana, ¿la conocés?

—Sí.

Se dio cuenta de que el asunto no me despertaba ningún temor.

—Te da curiosidad —dijo, comprendiéndome—. Ese es el impulso que siempre te empuja hacia adelante, ¿no?

—Sí, es verdad. Pero también, estando acá, siento que no hace falta ir a ninguna parte.

—¿Qué más haría falta? Los aromas que trae el viento, el mate caliente en tus manos, la Panca acurrucada a tus pies…

—Me siento como un personaje en blanco y negro en una película en colores.

—Te sentís ajena.

—Sí. Como intrusa, te diría.

—Tan distinto es todo esto que empezás a sentirte incómoda, ¿no? Una voz adentro te dice: "Es hora de irse".

—Sí, es hora de irme.

Misterio y canción

Se ofreció a acompañarme hasta la tranquera de la propiedad donde vivían la tal Juana y su comunidad.

Esa caminata de media hora bajo el sol sirvió para sintetizar lo que habíamos compartido. Lo hicimos, mayormente, en silencio y siguiendo el ritmo de su paso, más lento que el mío.

—Hice trampa —dijo traviesa y, a la vez, con vergüenza.

—¿A qué se refiere? —sin proponérmelo, volvía a tratarla de usted.

—Allá, mientras charlábamos, me saqué el auricular a mitad de la conversación y ni te diste cuenta.

Me quedé perpleja.

—Supongo que te sorprende que haya adivinado lo que sentías sin ese juguete, ¿no?

Repasé en mi mente lo sucedido. ¿Cuándo fue?

Cuando me entretuve con la oveja. Una parte de mí lo había registrado, pero no había querido admitirlo, supongo que para no arruinar el clima de la charla que había sido tan perfecto.

Mi científica interna me había abandonado en el medio del procedimiento.

¿Cómo podía ser que, sin el sustento tecnológico, termináramos con ese nivel de afectación mutua?

—Tu artefacto resultó innecesario, ¿no?

Me sonrojé. Para disimular, acomodé la visera de la gorra y resoplé molesta por el sol.

Esta mujer tan peculiar me sacudía cualquier vestigio de soberbia. Tan desubicado para el encuentro amoroso que habíamos tenido, tan inapropiado en este lugar.

Intuitivamente, la tomé del brazo como si fuéramos amigas de toda la vida y seguimos caminando en silencio. No me importó si corría algún riesgo al tocarla.

Ella, con una sonrisa de infinita sabiduría, se sintió satisfecha y seguimos caminando sin hablar.

Entonces, recordé un tango de Nelly Omar, la "Gardel con pollera", y me animé a canturrearlo, aun desafinando, por el resto del trayecto.

> *A veces entre penas*
> *y alegres fantasías*
> *llega un motivo oculto*
> *que invade todo el ser,*
> *es como si la noche*
> *se uniera con el día*
> *naciendo al cabo de ello*
> *un suave atardecer.*

Un poco menos que morir

Apenas llegamos a la entrada que llevaba al asentamiento, mi compañera se apuró para despedirse con afecto. Era evidente que las personas de la comunidad no le simpatizaban.

Me animé a saltar la tranquera y un vehículo viejo pero robusto que venía levantando polvareda frenó a pocos metros de mis pies.

—Vos sos Gardelia —afirmó, a manera de saludo, una mujer de mediana edad que elegía no teñir su cabello.

—Sí, buenas tardes. ¿Qué tal?

—Bien. Vamos, por favor. Tengo poco tiempo.

—Sí, por supuesto.

—Ponete el cinturón. Tenemos varios kilómetros de camino entre la sierra.

Sus modales eran secos como el paisaje.

—¿Cómo te resulta haber llegado hasta acá? —dijo, intentando ser cortés.

—Muy lindo. Estos lugares tienen cierto encanto. La naturaleza, el aire… Para ustedes, es cotidiano; para mí, no.

—Sí. Es verdad.

Ni siquiera me miraba; su atención estaba centrada en la pericia requerida para el manejo.

—Yo soy Juana —dijo con aspereza. Y se le escapó, a continuación, una expresión de queja, pero, a la vez, de cierta familiaridad—. Este Juan Pablo…

—¿Algo está mal? —pregunté incómoda.

—Él sabía que no era momento.

—Uy, no sé qué decir. A mí también me resultó extraña su insistencia.

—Está bien —concluyó, dejándome la duda de si realmente estaba bien. Y, para retomar la conversación, me preguntó—: Mujer de ciencia, ¿no?

—Sí, podría decirse.

—También me recibí en la UBA —dijo para mi sorpresa, sin darme tiempo a preguntarle nada—. Además de tu beca, ¿trabajás para alguna institución, alguna empresa?

—No.

—¿Nunca tuviste interés de formar parte de un equipo?

—No me gustan las organizaciones. —No sé por qué apuré una respuesta superficial—. Me gusta conocer a las personas de a una. De eso va mi vida. Interactuar, investigar; en eso estoy en este momento. No sé si Juan Pablo te comentó algo, porque trabajamos juntos.

—Sí. Algo me contó.

—Como él me lo propuso, creí que vos tendrías algún interés en lo que estoy haciendo.

—No exactamente. Fue más bien un pedido de él.

Escuchar eso mientras avanzábamos dando corcovos sobre el terreno aumentó mi sensación de incomodidad.

—Está todo sembrado. Nunca estuve en una comunidad aislada.

—No estamos aislados —dijo, sin poder evitar contrariarse a medida que avanzábamos en la charla.

—Bueno —me apuré a aclarar—, ustedes eligen vivir lejos de todo.

Juana clavó los frenos y me fulminó con los ojos exageradamente abiertos.

—¿Lejos de todo? Juan Pablo no se animó a decirte de qué se trata este lugar, ¿cierto? —Sacudió la cabeza y reanudó la marcha.

Me quedé helada.

¿Quién era esta mujer de tan mal humor? ¿Qué era este lugar que Juan Pablo quería que conociera?

Si, en mí, se había habilitado un atisbo de duda de cómo vivir de ahora en más, esta persona desbarataba cualquier interés por descubrir de qué se trataba este lugar.

Al mismo tiempo que me inquietaba, crecía en mí una típica curiosidad. Tal vez, podría aprovechar y hacerle una entrevista a Juana.

Seguimos calladas unos minutos hasta rodear un cerro bajo donde el panorama cambió drásticamente. De la aridez matizada por sembradíos y montes de espinillos a un asentamiento urbano de casas blancas construidas respetando la orografía de la zona, distribuidas en perspectiva de fuga hacia todas las direcciones, que superaba, incluso, en tamaño al poblado vecino de Achiras.

—Guau… Esto es una ciudad —dije sorprendida.

La luminosidad de las casas y la belleza del entorno contrastaban con la idea de que este fuera un lugar de muerte.

Juana aminoró la velocidad y comenzó a dirigirse a lo que parecía el epicentro. Una calle enmarcada por árboles repletos de pájaros en tal abundancia que llamaron mi atención.

Pasamos al lado de una modesta pero bien diseñada escuela, con un gran patio, donde, justo en ese momento, los niños corrían y jugaban sin protección, lo que despertaba mi anhelo de la infancia.

Lugareños, transeúntes y trabajadores saludaban a nuestro paso, con evidente respeto hacia esta mujer.

Una música agradable y neutra, como de aeropuerto, se difundía por todos lados.

Sobreexcitada por tanta información visual, no pude preguntar lo que hubiera sido conveniente. Sin embargo, en medio del estupor, murmuré una observación:

—Son todas mujeres...

—Los hombres trabajan en el campo. Y el resto, allí —explicó Juana, señalando el mayor edificio emplazado como centro de todo. Parecía un hotel de grandes dimensiones, con un vivero cuya cúpula emergía por sobre el nivel del techo, dejando entrever una colección de grandes plantas tropicales.

—Allí trabajan los *cuidadores*.

No entendí a qué se refería, pero, en ese preciso momento, un grupo de hombres y mujeres recibían cálidamente a personas que arribaban en un transporte externo, algunos de los cuales evidenciaban necesitar auxilio para trasladarse.

Justo cuando pensé que nos detendríamos y me contaría de qué se trataba todo esto, Juana aceleró la marcha. Había decidido no explicar nada. Enojada, no pudo evitar refrenar su pensamiento.

—Juan Pablo… —resoplando, se quejó.

Tratando de aliviar la tensión, busqué, en mi mochila, el auricular para proponerle hacer una entrevista que nos ayudara a conectar.

—No sé si Juan te habló sobre esto…

Me paró en seco sin siquiera dirigirme la mirada:

—No, no. Guardalo… Ya sé a qué te dedicás. Gracias, pero acá no.

Ahora yo era quien se sentía ofendida y, para colmo, me acababa de dar cuenta de que estábamos volviendo hacia la entrada del campo.

—No entiendo para qué vine —dije para mí, pero en voz alta.

Juana pareció tomar conciencia de su destrato y, a partir de entonces, intentó ser amable.

—Juan me pidió que te hiciera conocer el lugar —dijo— para ver si te despertaba algún interés, pero, evidentemente, estás focalizada en tu proyecto.

En ese momento, se acomodó algo en su cintura que le molestaba. Era un arma disuasiva de uso civil.

"Una mujer armada, aquí en la sierra, en el medio de la nada", pensé. Me asustó.

—¿Eso es un láser?

Inmediatamente, Juana ocultó como pudo la cartuchera y balbuceó una respuesta:

—Sí. Hay muchos pumas por acá.

Opté por cerrar la boca durante el resto del trayecto.

Apenas divisamos la tranquera, Juana se esforzó por encontrar su mejor tono:

—Lo lamento. Sé que Juan Pablo te pidió que vinieras. Le sugerí que fuera en otro momento, pero insistió… Ahora no puedo. Estamos recibiendo a mucha gente. Este pequeño paseo estaba fuera de mis posibilidades. Espero que lo hayas disfrutado en algún sentido.

Cruzó su cuerpo sobre el mío para abrir la puerta. Ni siquiera se bajó para abrir la tranquera.

—Por aquí pasará el transporte en cinco minutos. Te llevará a la terminal o al hostal donde te quedaste.

—Sí, el hostal de una señora muy amable.

—Entiendo, seguro que sí. Yo hoy no tengo tiempo para ser amable.

Me mostró su mejor sonrisa; me apretó la mano con fuerza y partió como un rayo por el camino de arenisca seca y piedras filosas como cuchillos.

… Estás aquí, rondando,
te veo andar, sin verte,
y llorar, llorando,
por la agonía y muerte
de tanto, tanto amor…

Mariposita

El transporte se demoraba. El sol buscaba por dónde entrar en el horizonte de serranía.

Una vez más, me encontré en la incómoda situación de tener que regañar a Juan Pablo por la falta de claridad respecto a su propuesta de conocer este lugar. ¿Para qué? ¿Cuál era el sentido? Necesitaba dar espacio a mi malestar que también sumaba la nostalgia por Pancho, aunque apenas hubiera transcurrido un día.

Activé el implante de comunicación presionando mi oreja.

—Hola… Hola. —Un ruido extraño, como de estática en la transmisión, fue la única respuesta.

—Hola…

—¿Gardelia? —Escuché una voz que no reconocí—. Gardelia…

—¿Quién habla?

—¿Gardelia? —insistió—. Soy Edward.

—¿Edward? —pregunté confundida. La llamada no se había activado normalmente.

—Pisquis. Estaba intentando llamarte y conectamos sin que alcanzara a sonar.

—¡Pisquis! Sí. ¿Cómo está?

—Acá, en Córdoba capital, terminando unos trámites. Tengo entendido que entre hoy y mañana llegarías a mi provincia.

—Sí —atiné a decir sin salir del estupor.

—¿Dónde estás?

—También estoy en Córdoba. Al sur de Traslasierra.

—Buenísimo. ¿Estás libre como para que pase a buscarte y ya te venís directamente conmigo?

—Eh… sí.

—Perfecto. Ya te localizo por la llamada. Esperame que llego en unos minutos.

Corté aturdida por la coincidencia. Sin entender bien qué pasaba, dejé ir el transporte que me correspondía. A continuación, me invadió una ansiedad que me resultaba recurrente desde hacía un par de semanas. Me pregunté sobre lo que esta sensación representaba: una especie de promesa.

En ese momento, una bandada de pájaros azules cruzó el cielo, coincidiendo con la sensación de cierta esperanza por algo indefinido. Este nuevo estado contrastaba con lo vivido hacía un par de minutos.

En menos de lo que pudiera darme cuenta, apareció el vehículo aéreo de Pisquis y se posó al costado de la ruta. También escuché una música fuerte que, supuse, provenía de alguna casa o negocio de los alrededores. Pero no: era él, que venía oyendo un tango a todo volumen.

Mi cerebro no podía unir las piezas: un vehículo sofisticado en la austeridad de las sierras, Pisquis tan jovial y sonriente, lejos de algún estereotipo de científico y un tango sonando fuerte. Subí, intentando adaptarme a las circunstancias.

—No hubiera imaginado nunca que le gustara esta música.

—Sí, claro que me gusta —dijo—, sobre todo, de la primera época.

Me acomodé y disfruté del paisaje que crecía en el horizonte, devolviéndome la visión del sol que escapaba hacia el oeste.

—Qué casualidad, ¿no? —dije, esforzándome por ganarle al volumen de la música.

Entonces, Pisquis bajó el volumen y, sonriendo con picardía, dijo:

—Las casualidades no existen.

Mientras nos elevábamos por encima de las nubes disfrutando del paisaje poco habitual para mí, sonaba un tema que me extrañó. Parecía elegido a propósito para ese momento.

> *… Mariposita,*
> *muchachita de mi barrio,*
> *te busco por el centro,*
> *te busco y no te encuentro,*
> *siguiendo este calvario*
> *con la cruz del mismo error.*
> *Te busco porque acaso nos*
> *iríamos del brazo…*

Canción de las venusinas

Era Pisquis quien remaba atrás en el bote. Su presencia se sentía real, aunque no podía girar para verlo. Como si debiera confiar en esa conducción mientras yo, inclinada sobre la borda, dejaba caer unos jazmines. Cada flor abierta a punto de deshacerse, apenas en contacto con el agua, transformaba sus pétalos en llamas y dejaba, en la corriente, una estela de incandescencias.

Pisquis canturreaba con una voz irreal mientras yo hacía coincidir

esa cadencia con mi propio movimiento, al ritmo del remo y de la canción perfumada.

Y, como un prodigio, mi visión se alzó por encima del bote y, conforme me alejaba, se hacía más panorámica.

Esa siembra de flores iluminaba no solo la superficie del agua, sino también el fondo, lo que hacía imposible distinguir dónde empezaba el mundo acuático y dónde la concavidad de la noche.

¿Cómo era que tan infinitesimal gesto mío producía un espectáculo semejante?

La aparición tenue de la luz debajo de mis párpados fue convirtiéndose en evidencia de transición paulatina de sueño a vigilia.

Esas estrellas eran solo chispas que querían huir de la leña que crepitaba en la habitación. La voz que parecía de Pisquis, en realidad, era de una mujer que se acercaba desde el exterior. Y, como testimonio que hacía confundir lo onírico y lo real, unos exquisitos jazmines sobre la mesita de luz exudaban un aroma como nunca antes había percibido.

Al sabor de lo onírico se superponía la realidad de un ambiente de cuento: las paredes de troncos, la torre de piedra de la chimenea y el ventanal amplio por donde entraba la montaña. Muda y prepotente, como una sola presencia que se imponía en el ánimo, era, en realidad, sucesión de picos coronados de nieve.

El canto de la mujer se detuvo para dejar lugar a unos golpes suaves en la puerta de la cabaña. Luego de una espera prudencial, insistió:

—Señorita Gardelia…

Apenas despierta, no podía considerar ese llamado como real.

—Señorita Gardelia…

—Sí —respondí con dificultad, medio dormida y con el sopor producto de la tibieza del ambiente.

—Permiso.

De tez muy blanca y vestida impecable con ropa discreta, traía, en sus manos, una bandeja con el desayuno.

—El señor Pisquis me pidió que le dijera que, cuando se sienta en condiciones, lo visite en su laboratorio. Allí estará hasta el mediodía.

—Gracias.

—Mi nombre es Bruna —dijo con un gesto amable mientras disponía las cosas sobre una mesa cerca de la ventana—. Si necesita algo, llámeme apenas en voz alta. En este lugar, se oye todo muy cerca.

A punto de cerrar la puerta, giró y agregó con discreción:

—El señor me autorizó a cortar algunas de sus flores para dejárselas temprano antes de que despertara. Espero no haber sido imprudente y que sean de su agrado.

—¡Claro!

Cerró la puerta y se alejó cantando bajito algo que resultaba dulce al oído.

Era la misma canción del sueño.

> *… Absortas y enamoradas,*
> *tiraban a los muchachos sus besos del otro mundo*
> *y nadie se los besaba.*
> *Se sabe, porque se sabe, que un martes muy de mañana,*
> *solteras de gravedad,*
> *se fueron todas al río, a echar su ternura al agua…*

Por una verdad (todas son mentiras)

El laboratorio era apenas un edificio alejado y sin gracia que contrastaba con el buen gusto de la vivienda principal y de la cabaña donde yo había pasado la noche. No tenía ventanas, solo equipos de energía en el techo y una antena parabólica satelital.

El frío cortante en la cara me quitó el remanente de modorra. Estaba lista para lucir como una profesional a la altura de las circunstancias.

—Permiso, Edward. ¿No interrumpo?

—Adelante, Gardelia, adelante. Al contrario, es un honor tu visita.

—No quisiera distraerte demasiado y, aunque sea poco amable de mi parte, te confieso que me propuse estar apenas lo que haga falta para aclarar algunas dudas que tengo y luego volverme a mis pagos.

Pisquis sonrió. Mi sentido práctico del tiempo le encantó.

—Estás invitada por el tiempo que haga falta. No es un lugar muy agradable, aunque mis flores modificadas lo hagan un poco mejor —dijo, mientras se alejaba de sus computadoras para servirse un café.

—Ah, sí, qué placer. Gracias. Haber despertado con ese aroma es algo que no recuerdo de ninguna otra ocasión.

A Pisquis no le importó disimular el orgullo, aunque no hubiera sido el promotor del detalle tan delicado.

—¿Desayunaste?

—Sí. Bruna me lo trajo. Todo riquísimo.

—Si preferís ir al grano, empezá a contarme.

—Bueno. Creo que te adelanté, en aquella conversación de hace unos días, que tenía la intención de contactar con la experiencia integral de otra persona en vivo y en directo por medio de mi *empatizador*. De cerebro a cerebro, sorteando, incluso, su propia interpretación. Esto haría comprender mejor lo que le pasa, lo que le toca vivir, los motivos de su sufrimiento físico o psicológico.

—Sí, ahora recuerdo. Qué interesante —dijo Pisquis, entre sorbo y sorbo de café.

—Pero me encuentro con una paradoja. En ocasiones, pareciera que la persona no tuviera acceso a esa información a la que yo sí puedo acceder gracias al dispositivo. O que no estuviera dispuesta a convalidarla para mí...

—¿Cómo sería eso?

—No sé si es una falla en el diseño del aparato o si está captando algo fuera del nivel de la conciencia del sujeto. Por momentos, puedo empatizar profundamente con ciertos significados, pero la persona parece no tenerlos a su disposición. O los niega. No sé.

—Hmm. ¿Vos tenés acceso y no hay correlato entre lo que la persona te dice y lo que percibís que ella está experimentando?

—Así es. Puedo ver o sentir cosas que no son mías. Imágenes, sensaciones que, claramente, son del sujeto, pero la persona no está dispuesta a reconocerlas.

—¿Será que estás accediendo a "toda" la información del individuo?

—Tal vez. Parece que yo accediera a la totalidad de su experiencia. Como si fuera todo el material en bruto, por decirlo de alguna manera.

—Tendrías que diferenciar entre lo que es la experiencia en esa persona y lo que ella puede asimilar.

Reflexioné un momento y me surgió hacer la pregunta en voz alta:

—¿Qué sentido tendría que yo pudiera acceder a lo que el propio sujeto no puede?

—Tal vez, el otro elija no acceder. Por algún motivo —dijo y, después de un momento, agregó con afectación—: Ya lo dijo Carlitos…

La sola mención indirecta de Carlos Gardel operó en mí como una llave interruptora que me dejó sin habla por un momento y desbarató mi esforzada y prolija racionalidad.

—Como dijo Carlitos —insistió.

—¿Qué?

Pisquis, dando muestra de un sorpresivo histrionismo, sin ningún pudor, canturreó con voz impostada.

*… **Todas son mentiras,***
llenas de impiedad,
alma tú suspiras,
por una verdad…

Tu íntimo secreto

Me miró satisfecho por el efecto logrado con su interpretación.

—Te quedaste sin palabras.

—Sí, discúlpeme… Es que el tango me puede. Es como un encantamiento que me subsume hacia otro lugar dentro de mí.

—Sería una buena oportunidad para probar tu invento. A ver cuál es ese otro lugar —dijo entre curioso e irónico.

—Ah, bueno, sí. Es verdad. Acá lo tengo —dije, aceptando el desafío.

Inmediatamente, contactamos.

—Parece que esta experiencia del tango te toca muy hondo —dijo Pisquis.

—El tango tiene que ver con mi infancia. Fue la excusa para que mis padres se conocieran, además de la evidencia de una atracción física entre ellos de la que yo era testigo. Fue también mi nexo con ellos desde que tengo memoria —dije sin temor a mostrar mi embeleso.

Pisquis se deleitaba con mi discurso como si asistiera a un espectáculo.

—Luego se me presentó como una manera de entender la vida. A través de tantas historias de hombres y mujeres que sabían de emociones y se atrevían a contarlas… Aunque ciertas letras me resultaran, en muchos casos, incomprensibles, nunca tuve dificultad para apreciar la belleza que, de todos modos, siempre está presente —afirmé con convicción.

—Parece que quisieras alcanzar eso —dijo sintonizando conmigo.

—Es un mundo que ya no es. Imagínese, ellos se conocieron antes de la prohibición del contacto. Algo que nunca más va a poder ser.

—Sentimientos que vos querés explorar…

—No sé, no creo que pueda. El amor en mi vida no va a tener lugar.

—Pero siento otra cosa… —arriesgó.

—Es tan difícil concebir el amor de esa época pasada y, a la vez, tan cercana. Me resulta increíble que ya no sea posible.

Pisquis abrió los ojos y, visiblemente afectado, me tomó la mano con la suya enguantada.

—Yo te siento joven, entusiasmada, con proyectos. No entiendo por qué hablas sin esperanzas y preferís ensoñar…

Me inquieté. Se había salido del experimento y no solo me estaba tocando sin haberme preguntado, sino que, además, me estaba juzgando.

—Te quedaste callada…

—Siento vergüenza y es algo que no es habitual en mí.

—¿Vergüenza?

—Sí… de perder mi intimidad. Y cierto temor de que estés percibiendo más de lo que yo pueda darme cuenta.

—Ahora te toca a vos estar del lado de tus conejitos de India —se le escapó otra ironía.

—Sí.

—¿No esperabas que fuera así?

—Esta sensación me es desconocida. Imaginaba que las personas se entusiasmarían con la posibilidad de que alguien supiera más de ellas que ellas mismas. Pero no es tan agradable como creía.

—Quedate tranquila que soy alguien en quien se puede confiar.

—¿De qué serviría que vos supieras algo de mí que yo no sé? —Estaba confundida sobre si seguir tuteándolo o tratándolo de usted.

Pisquis se quitó el auricular y se acercó a la ventana. Se distrajo por un instante porque empezaba a nevar y, sin querer, dibujó, en el vidrio empañado, unas palabras que no alcancé a ver. Luego, volvió a enfocarse en nuestra conversación.

—Veamos… —dijo, volviendo al rol de eventual supervisor—. Primero percibí sensaciones de… cómo decirlo… calidez, protección, bienestar cuando hablabas de tus padres. Luego sentimientos románticos. Todas cosas que siempre estuvieron accesibles a tu conciencia, ¿no? Entonces, ¿a qué se debe la vergüenza?

—Me llama la atención que el compartir esto me haya afectado tanto.

La preocupación que flotaba dentro de mí aún sin forma se volvió pregunta en él:

—¿Para qué podría servir esto realmente?

—Exacto.

—Tal vez, por un instante, supe más de vos que vos misma. Sentí recuerdos y cosas que te avergonzaron, pero a mí no. De alguna manera, yo podría tener una experiencia más objetiva sobre lo que te pasa. Y comprender mejor qué necesitás, qué deseas, qué querés. Sin interferencias.

"¿Cómo podría tener ganas de hacer algo que no está accesible a mi conciencia?", pensé.

Un jardín de ilusión

La nieve se hizo copiosa, y Pisquis, repentinamente, dio por terminada la conversación para pasar a algo que parecía urgente.

—Vení, Gardelia. Quiero mostrarte algo antes de que se ponga a nevar más fuerte… ¡Bruna! Por favor, alcanzame un abrigo para ella.

Salimos del laboratorio y el típico silencio ambiental que acompañaba la nevada me produjo sobrecogimiento.

Seguí a Pisquis por un sendero que rodeaba la casa principal hasta el frente, donde un terreno cultivado le ganaba espacio a la montaña. Una ola de fragancias intensas se anticipó a la visión de un sembradío extenso de flores y arbustos que lucían irreales para el entorno de roca desnuda.

—Con la nieve, se ponen más intensas —dijo, vaporeando aliento en cada palabra mientras avanzaba entre las plantas.

Podía reconocer algunas especies comunes, como rosas, lirios, y flores rebosantes de vida que contrariaban el clima.

—Esto no solo es un pasatiempo —continuó visiblemente excitado—; es un proyecto que tiene otros aspectos interesantes.

Atento a mi falta de equilibrio por el perfume que me había mareado y al suelo inclinado, Pisquis me tomó por detrás y, en un tono casi íntimo, me dijo:

—Podríamos trabajar juntos en algo que te encantaría.

La nieve caía intensa. Supongo que, por algún artilugio térmico, no se acumulaba en el terreno circundante, sino que se deshacía sin mojar las plantas.

Guiándome con cuidado, me acercó a un jazmín de muchos años repleto de flores blancas.

—Estas son las que están en tu habitación —dijo con delicadeza.

En ese momento, sentí que la escena era como de película. Un hombre me susurraba al oído mientras, frente a mí, se abrían flores improbables que ignoraban estación, altitud y temperatura.

—Me podrías ayudar… —insistió, con una promesa que me calaba hondo, aun sin yo comprender a qué se refería.

Permanecimos juntos ante aquel espectáculo: yo sin poder articular pensamiento, más bien, en trance hipnótico, y Pisquis soñando con placer hedonista.

Bruna, desde lejos, nos lanzó una advertencia:

—¡Señor Pisquis, se van a congelar!

Eso bastó para contactar con el frío que se iba apoderando de nuestras extremidades. Ambos corrimos como chicos traviesos.

Pisquis me ayudó con el abrigo, y Bruna nos sirvió una taza de café bien caliente.

Madreselva

—¿Trabajar juntos? —pregunté mientras tomaba el café—. No entiendo bien a qué te referís.

Él asintió, haciéndose responsable de mi confusión, mientras se cambiaba las medias humedecidas por el paseo.

Guardando discreción, Bruna atizaba el fuego de la chimenea principal de la casa. Parecía una mujer fuerte, a pesar de cierta levedad de movimientos.

—Es cierto… Me dejé llevar, imaginando una colaboración que no te expresé debidamente.

Sentí que era muy hábil en cómo iba presentando el asunto y quise preservarme a costa de parecer ingenua.

Se sentó en un sillón gastado y, de pronto, transformó su apariencia en la de alguien que recuperaba cierta compostura de años de experiencia.

—Disculpame por haberte desviado de las preocupaciones que te trajeron hasta acá. Me dejé arrastrar por el entusiasmo…

Mientras se mostraba serio, me miraba de soslayo.

—Pensé que te resultaría interesante trabajar conmigo, digo: trabajar juntos, en lo tuyo y en lo mío.

—¿Qué sería lo tuyo? —pregunté, con un tono amable que le devolvió la sonrisa y habilitó lo que me pareció una instancia cuidadosamente estudiada.

Se acercó a una vitrina cerrada con llave y extrajo una caja de madera bellamente decorada. Con parsimonia, la transportó en las manos y la depositó frente a mí, en una mesa baja desde donde pude apreciarla en detalle. Se sentó otra vez en su lugar y me miró fijamente, entrecruzando las manos como quien va a suplicar.

—Tenemos una pasión en común, ¿no es cierto? —Claramente, se refería al tango—. Imaginá si pudieras llevar ese disfrute a un nivel superior.

Mantuvo una pausa a propósito, con los ojos cerrados.

—Imaginate que pudieras darle al oyente una experiencia más completa.

Se levantó y, acercándose a la ventana, señaló en la dirección donde habíamos estado hacía apenas un momento.

—Viste lo que hay allá. Eso es el resultado de un trabajo paciente que, sin querer, se ha convertido en una habilidad enorme…

Siguió como hablándole a alguien afuera:

—Perfumes… Farmacopea… Biogenética. —Su tono iba adquiriendo un cariz delirante, pero me despertaba curiosidad.

—No solo se pueden mejorar las condiciones de cultivo de cada especie, sino también magnificar sus propiedades.

Pisquis se iba embarcando en un relato tan grandilocuente que empezaba a preocuparme. Por lo visto, mi sensación se me reflejó en el rostro porque rápidamente trató de volver a cierta calma.

—Pero no te asustes —se corrigió—. Conozco tu pericia, así que te convocaría para algo que te va a interesar.

Acto seguido, tomó la caja y me la puso en las manos.

—Abrila.

La pintura en la tapa y en los laterales, que evidenciaba ser la obra de un artista talentoso, correspondía a una flor silvestre que conocía de mis caminatas en el campo. La madreselva.

Sospeché, por las dimensiones, que se trataba de una caja musical y, apenas la abrí, empezó a sonar el tango homónimo de Canaro y Amadori. Inmediatamente, mi cerebro hizo cortocircuito porque no entendí de dónde provenía el aroma que inundó el ambiente junto con una música de la más alta fidelidad. Tardé unos segundos en darme cuenta de que salía de la misma caja. Del compartimiento que alojaba el mecanismo.

> *… Madreselvas en flor*
> *que trepándose van*
> *es tu abrazo tenaz*
> *y dulzón como aquel…*

Solo el perfume

—Olor a tango —dijo Pisquis, como visualizando un nombre escrito en el aire.

No le pedí que fuera más claro. Entendí que jugaba con el suspenso a propósito.

—Olor a tango —repitió, buscando impresionarme.

Quería asegurarse de tener toda mi atención.

Francamente cansada de su impostura, le pregunte, escéptica:

—¿Y?

—¿Te imaginás ayudándome a crear una colección de olores y perfumes para cada tango?

Me resultaba extraño, pero, habiendo visto no solo la caja, sino toda esa plantación allí afuera, era evidente que podía sostener esa extraña propuesta.

Se sentó en el suelo al lado mío; me retiró la caja musical de las manos y, como poseído por la idea, se dispuso a explicarme los alcances de su propuesta.

—Dejemos "Madreselvas". Ese es fácil. En el laboratorio, puedo destilar el perfume de cualquier flor, incluso de flores que aún no existen… Eso puedo hacerlo solo. Pero imaginate que, entre los dos, pudiéramos "componer" secuencias de perfumes para cada tango. Imaginate que a la melodía le sumaras sensaciones olfativas nunca antes experimentadas por el escuchante.

Permanecí muda no solo procurando entender, sino también porque su vehemencia me asustaba un poco.

—Incluso quienes trabajan conmigo en el hemisferio norte podrían auxiliarnos en la creación de cualquier olor que necesitáramos. La combinación de moléculas que se te ocurra.

Su voz se había vuelto demasiado enfática.

—Me deben muchos favores —dijo, amenazando a alguien imaginario a lo lejos.

—Edward… —interrumpió con suavidad Bruna, lo que daba muestras de que lo conocía en profundidad. Lo llamaba a mantenerse dentro de cierto límite.

—Sí, sí, ya sé. Voy a asustar a nuestra invitada.

Se compuso un poco y continuó:

—Por ejemplo… —dijo, buscando, en su mente, algo apropiado—. ¡Ahí está! "Nieblas del Riachuelo".

Acto seguido, me propuso un juego en el que él cantaría haciendo intervalos entre las estrofas para que yo fuera nombrando supuestos olores que podríamos materializar.

Me pareció, en principio, divertido.

Se embebió de cierto aire tanguero caricaturesco y se dispuso a cantar. Yo debía mantener los ojos entrecerrados para favorecer una sensibilidad evocativa.

—"Turbio fondeadero donde van a recalar barcos que en el muelle para siempre han de quedar…".

Silencio.

—¿Y?

—Hmm…

Repitió el fragmento para ayudarme con cierta dificultad inicial y, a continuación, le di mi lista:

—Grasa… Óxido de hierro… Neblina mezclada con humo… Putrefacción. —Recurrí a mi memoria con facilidad. En mi infancia, había paseado con mi padre por La Boca.

—Excelente. Sigo: "Sombras que se alargan en la noche del dolor, náufragos del mundo que han perdido el corazón…".

Silencio.

—Suciedad… Ropa húmeda… Vino… Mar.

Le seguí la corriente unos minutos hasta que me sentí incómoda por estar jugando un juego que no estaba segura de querer jugar.

—Esto es una pavada —se me escapó.

Edward se sorprendió por mi crítica lisa y llana, y volvió al sillón que le servía para encaramarse en cierta respetabilidad.

—Veo que sos escéptica.

—Es que me parece una pérdida de tiempo. Original y hasta poética, pero, francamente, infantil.

A partir de ese momento, Pisquis dejó de poner en juego esa espontaneidad que me atrajo al principio.

Desencanto

La nevada había cesado.

El sol entraba radiante en la casa por efecto de lo diáfano de la atmósfera en esta altura.

Habiendo recuperado la compostura, Pisquis se hizo servir un vaso de algo fuerte que se cuidó de no convidarme.

Parecía desanimado y dispuesto a abandonar su ensayada espontaneidad.

Yo también estaba desconcertada y hasta con temor. Era evidente que mi proyección sobre un futuro profesional con él había sido concebida sin ningún sustento. Pura imaginación.

En un afán por hacer coincidir cierto sentimiento poco claro que, por alguna circunstancia extraordinaria, sería correspondido. Pura fantasía.

Algo profundo había hecho las valijas y se había ido.

La posibilidad del amor.

Ahora estaba en presencia de un extraño.

Me inundó una sensación de fragilidad y pensé: "Esto debe de ser la desilusión".

Bruna era una presencia sutil en medio de lo que acontecía. Recién entonces, me di cuenta de que había estado atenta a cada situación generada por Pisquis. Por momentos, ocupándose con disimulo de pequeños quehaceres y, en otros, inmóvil, guardando silencio en un rincón del amplio recinto.

—Ha sido un malentendido, evidentemente —dijo Edward en

tono grave—. Te recordaba de tu época de estudiante entusiasmada con todo lo que tuviera que ver con el tango —dijo, intentando excusarse con el vaso medio lleno.

Eso me resultó extraño. ¿De dónde había obtenido esas referencias sobre mi época de estudiante? Recién hoy se las había compartido.

—Es verdad, Edward —afirmé, tratando de deshacer malentendidos mayores—. Lo que pasa es que mi búsqueda es otra. El tango es solo una metáfora de lo que quiero conocer de verdad. El mundo de las emociones.

Me sorprendí a mí misma diciéndolo tan claro.

—No soy una científica que busca solo probar algo con una finalidad práctica. Yo misma estoy en juego en esto.

Era curioso. Estaba diciendo algo para librarme de la situación, pero, al mismo tiempo, me estaba sirviendo para comprender lo que estaba expresando.

Pisquis me miró fijamente, como si se reconociera la distancia inexorable que nos iba separando segundo a segundo.

—Ha sido un error —reflexionó en voz alta—. Evidentemente, me dejé llevar, imaginando otra cosa.

Giró la cabeza buscando la confirmación de Bruna, quien asintió.

Ahí comprendí que esa mujer era algo más que su asistente en las tareas de la casa.

Pisquis golpeó los apoyabrazos en actitud de querer recomponer todo y retomó la conversación donde creyó que él mismo la había interrumpido con su propuesta.

—Entonces… Volvamos a tu investigación.

A partir de ese momento, sentí que, en él, algo se había apagado. Me escuchaba con atención, pero replegado afectivamente. Bruna seguía la conversación con sumo interés intentando compensar la evidente menor disponibilidad de Pisquis. Parecía estar ella más presente en la charla que su propio jefe… o lo que fuera que los uniera.

Así transcurrió el resto de la tarde, cuando me explayé sobre

algunos detalles. A su vez, él me aportó observaciones muy útiles sobre mi trabajo. Todo en un clima extraño de cierta corrección y amabilidad entre colegas, pero disociado completamente de lo vivido hasta hacía apenas un momento.

Cenamos un plato que preparó la mujer en un clima ameno, como si nada hubiera alterado el plan original que me había llevado hasta allí.

Con la evidencia de que el motivo de mi estancia había concluido, agradecí el tiempo que Pisquis y la mujer me habían dedicado y acordamos que, a primera hora del día siguiente, él me alcanzaría hasta la dársena más cercana para abordar el transporte hasta mi casa.

A pesar de haber discurrido todo con cierta corrección, Edward jugó su última carta:

—Gardelia, te pido por favor que compartamos una última cosa.

El temor se apoderó de mis músculos e, instintivamente, busqué la mirada de Bruna, la única que podía garantizar lo que aconteciera entre Pisquis y yo a partir de ahora.

Sin palabras, con un gesto tranquilizador, me aseguró que estaba todo bien.

... ¡Qué desencanto más hondo,
qué desencanto brutal!
¡Qué ganas de echarse en el suelo
y ponerse a llorar!...

Bajo un cielo de estrellas

Caminamos en la noche helada sin luna, con un cielo repleto de estrellas y sombras de montañas que imponían su presencia abrumadora. Detrás del laboratorio, a decenas de metros, pude distinguir una estructura fluorescente que fue creciendo a medida que nos acercábamos.

Era un pequeño mirador esférico para contemplar la bóveda celeste.

Bruna se recostó en uno de los asientos de atrás, y Pisquis me invitó a ubicarme al lado suyo.

Una vez acomodados, la fluorescencia cesó, y, desde una pequeña consola, Pisquis se ocupó de controlar el ambiente interno de esa especie de cápsula.

—Esta es la razón principal por la que vivo tan alejado de todo —dijo entusiasmado, manipulando el panorama que se intensificaba a medida que pasaban los minutos.

Espiando a Bruna por el rabillo del ojo, me di cuenta de que ella se entregaba a la experiencia, actitud que, interpreté, aseguraba mi propio bienestar. Así que me dejé sumergir en el asombro con la sucesión de imágenes que se amplificaban y revelaban detalles astronómicos que me dejaban boquiabierta.

Entre una y otra magnificación de volúmenes, distancias y explicaciones, Pisquis, acertadamente y a manera de descanso, nos devolvía la visión normal del cielo a simple vista para que el cerebro sobreexcitado se recuperara por unos instantes.

Y era en ese minuto de silencio y sin artificios ópticos que experimenté un sobrecogimiento tal que estoy segura de que ha sido el mismo que sintieron todas las personas, en todas las épocas y en todos los rincones del planeta, cuando alzaron la vista en una noche como esta.

Concluida la experiencia, Pisquis me tomó de la mano con delicadeza y me confesó que nunca había compartido eso con nadie. Me resultó raro porque Bruna estaba allí, por más que su presencia fuera más que discreta.

Finalmente, Pisquis sacó, no sé de dónde, una pequeña botella de licor y repartió tres copitas para brindar por el festival nocturno.

Me pareció apropiado a pesar de no estar acostumbrada al alcohol.

El sabor exquisito, sumado a una euforia producto de tantas im-

presiones, me hizo aceptar una y otra vez hasta que Bruna interpuso la mano en mi copa.

De allí en más, ella misma me ayudó a sostenerme mientras volvíamos a la casa entre risas, que nos contagiábamos a propósito Edward y yo.

—Mañana termina toda esta aventura —dijo divertido.

—Síííí… —solo alcancé a responder, alegre por la bebida.

Bruna, amable y firme, me condujo hasta mi habitación. Avivó el fuego en la chimenea, que debía durar toda la noche, y me ayudó a vestir mi ropa de cama. Antes de despedirse, se aseguró de que solo estuviera un poco mareada y no descompuesta. Esperó vigilante a que me invadiera el sueño y, creo recordar, aunque no es seguro, que se despidió de mí con un beso en la frente. Me extrañó el gesto.

Caballo de calesita

… Yo quiero, como el cansino
caballo del carrusel,
dar vueltas a mi destino
al ruido de un cascabel…

Con el sistema nervioso sobreestimulado por las impresiones recientes y, al mismo tiempo, relajada por los excesivos brindis, me abracé al edredón como si fuera algo vivo que se ocuparía de cuidarme.

El descanso, en ocasiones, algo tan disfrutable cuando la tarea intelectual se me hacía ardua, hoy se presentaba como el de un animal exhausto que había tenido que correr para salvarse.

Con el chisporrotear de los troncos encendidos de fondo, me dejé envolver en el confort de las plumas del acolchado.

Un sueño vívido interrumpió la dulce inconciencia.

Íbamos caminando otro niño y yo, sujetados por las manos de una mujer elegante cuyo ánimo presentía impertérrito.

Agitados, pero sin poder soltarnos, procurábamos asomarnos de cada lado y fastidiarnos con muecas y burlas.

Conforme avanzábamos, una música que pareció primero como de circo, poco a poco, fue trasmutando en un tango que acompasaba los giros de una calesita fantástica.

Atraídos por la acción gravitatoria del armatoste mecánico, buscábamos liberarnos de aquellas manos fibrosas. Solo cuando hubimos llegado a una distancia que pareció ser la apropiada, la mujer nos soltó y salimos despedidos por la acumulación de nuestro deseo, hacia donde estallaba la música, las luces y el movimiento.

Como es conveniente en los sueños, teníamos la calesita a nuestra entera disposición, montados en paralelo sobre caballos de muecas policromadas.

Por sincronización opuesta del mecanismo, nos cruzábamos a mitad de camino y, en ese momento, buscábamos derribarnos a empujones. Yo, muriéndome de risa. Mi compañero, zozobrando.

Pero lo verdaderamente insólito era que los barrales dorados que se insertaban en las monturas eran de largura infinita, por lo que nos sacaban de la maquinaria giratoria, como si el techo solo fuera aparente. Y, cuando la música se perdía allá abajo, nosotros nos perdíamos entre el susurro de estrellas que se agitaban como péndulos para dejarnos pasar.

Disfrutaba del espectáculo alternante de visiones infantiles y paisajes mayores, mientras que mi amigo padecía todo aquello y quería bajarse. Lo veía pasar al lado mío haciendo puchero, como si tal entretenimiento fuera demasiado para él.

Finalmente, el calesitero invisible detuvo el sortilegio y los dos caballos quedaron al ras del piso en una calesita que ahora se transformaba en un artefacto inservible.

La mujer nos recogió para volver.

Yo caminaba a su lado, suelta de la mano y satisfecha, mientras

que él necesitó ser alzado y consolado. No había podido disfrutar casi nada de aquel juego surreal.

Secreto

Me despertó el arreciar de la ventisca.

Bruna había corrido las cortinas para agregar un poco de luz al ambiente porque hoy el sol no se presentaría.

Esperó con paciencia que terminara de desperezarme, mientras me miraba melancólica, anticipando algo.

Sin que yo se lo pidiera, me acompañó durante el desayuno en silencio, sentada a cierta distancia de mi cama. Lo tomé como un gesto de amabilidad.

Cuando hube terminado mi último sorbo, me dijo, desde su silla, si podíamos hablar sobre algo que necesitaba contarme.

—Por supuesto —le dije sorprendida por el tono confidente.

—No tenemos mucho tiempo; Edward está esperando para llevarte cuando estés lista.

Salí de la cama; estiré discretamente el cuerpo; me restregué los ojos para garantizarle toda mi atención y la invité a que se acercara.

Aquella apariencia hierática se transfiguró por la de alguien que dejaba entrever tal ternura que me descolocó.

—Edward es mi sobrino —empezó, bajando la vista con vergüenza y haciendo silencio para darme tiempo—. Mi hermana falleció cuando él era muy pequeño y me pidió que lo protegiera… Suponía, por algún motivo, que su hijo no podría con ciertas cosas.

Entre frase y frase que deslizaba con prudencia, la conversación era enmarcada por el ruido del viento que arreciaba afuera.

—Él, a su vez, se aferró a mí, en principio, para no perder su infancia. Pero, desde entonces, no pudo dejarme ir para que tuviera mi propia vida. Creo que acepté eso porque intuí lo mismo que ella.

La pausa se hizo mayor.

—Edward no puede… —dijo, sin mirarme, para luego corregirse—. Quiero decir, por supuesto que puede, es brillante, pero hay algo en él de índole emocional con lo que no puede conectar… y, por eso, sigue aferrado a mí.

Estaba perpleja. No entendía el propósito de tal intimidad.

Al darse cuenta de lo confundida que estaba, me tomó con afecto la mano con las suyas enguantadas en una fina tela blanca, dispuesta a continuar con su historia.

—Él tenía muchas esperanzas de que vos fueras la persona con quien pudiera estar a partir de ahora. Desde que lo contactaste, se ilusionó y, con cuidado, se ocupó de saber a fondo quién eras. No pienses en nada perverso de su parte. Por el contrario, me compartió, desde el vamos, su anhelo y me pidió opinión sobre los preparativos de tu visita, sobre las comodidades que te debía ofrecer y el tipo de proyecto que podía unirlos.

—Yo también me había ilusionado —le confesé.

—Sí, lo sé. Pero te desilusionaste. Y está bien… Me di cuenta rápidamente de que no funcionaría.

Bruna se levantó para tratar de reponerse de cierta tristeza. Se apoyó en el marco de la ventana con un gesto que parecía repetido hasta el cansancio. Como esperando a quien la liberara de su compromiso.

—Rara vez, llega alguien hasta aquí. Y los pocos que vienen han sido siempre empresarios o funcionarios gubernamentales. Nunca alguien que pudiera convertirse en una relación afectiva para Edward.

—Qué lástima —se me escapó.

—No me lamento por él ni me arrepiento; soy su persona de confianza. Pero los dos hemos quedado a mitad de camino en nuestras vidas.

Giró de repente para mirarme preocupada y presentí que había algo más que quería contarme:

—Es evidente que no sos la persona que Edward esperaba encontrar para consolidar una relación. Y, como ya he esperado demasiado tiempo, necesito contarte algo que no puedo mantener más en reserva… Creo que vos podrías hacer algo con eso. Yo no.

Una triste verdad

Estaba en una situación muy incómoda. Teniendo que prestar atención a una mujer que, a pesar de haberme demostrado la discreción de la que era capaz, ahora buscaba desahogarse conmigo.

—¿Qué opinás de las restricciones al contacto a consecuencia de los virus?

La pregunta me tomó por sorpresa.

—Lo mismo que todos.

Bruna se quedó dudando de si continuar o no.

—¿Nunca escuchaste nada extraño sobre el asunto, digo, en tu círculo de colegas?

—No.

—Hmm. No sé si me corresponde a mí cambiar eso. Pero he llegado a un punto en que siento necesario hablar de una sospecha que tengo desde hace tiempo. Creo que compartirla será un bien para las dos, incluso para mi querido Edward.

Si no fuera que la mujer me había dado muestras de integridad, hubiera sospechado que toda la confesión iba camino a convertirse en otra teoría conspirativa.

—Mi sobrino hace años que viene articulando los intereses entre los laboratorios multinacionales y los Gobiernos, por los antivirales y las políticas del "no contacto".

—Sí, algo sé. Una amiga trabaja en un laboratorio europeo y me facilitó el dato para comunicarme con Edward.

—Sin proponérmelo, he sido testigo de conversaciones en las que he ido acumulando una duda que ahora se ha vuelto una sospecha.

La mujer me daba tiempo para asegurarse de que asimilara cada palabra que guardaba desde hacía tiempo.

—Escuché fragmentos de charlas en las que pude entender que, si bien arreciaron los contagios en los primeros tiempos, eso dejó de suceder por alguna razón que desconozco. Supongo que por los niveles de protección que se pusieron en marcha al comienzo de esta catástrofe y por las vacunas que fueron descubriéndose y distribuyendo. Pero creo que la finalización de la transmisión de los virus se mantuvo en secreto por alguna razón, por lo que dejó, entonces, de justificarse el control y el aislamiento de las personas.

El viento había cesado por completo para dar lugar a un silencio absoluto.

—Luego —continuó después de un breve silencio—, los Estados vieron con buenos ojos seguir con esa política general. ¿La finalidad? No lo sé. Por lo que fui escuchando, los motivos serían muchos: el control demográfico, sanitario, político, de recursos… Supongo que tiene muchos beneficios. Si no, ¿qué otro sentido tendría esta locura?

Bruna, con cada palabra, parecía aliviar su propia carga, que, sin querer, me transfería. Como si ambas estuviéramos usando mi invención, pero recibiendo un contenido que sobrepasaba la posibilidad de asimilar.

—Gardelia, sé que esto que te cuento es muy difícil de probar, pero intuyo que, por lo menos, tendrás más idea sobre qué hacer con esta información… Yo no sabría y lo peor es que me va afectando cada día más.

De pronto, detuvo su relato al notar lo desencajada que yo estaba.

Se puso lívida e, inmediatamente, se dio cuenta de que, quizá, no era la persona que ella imaginaba y en quien podría delegar todo aquello.

Cambió su actitud y pasó a acariciarme la frente como si estuviera consolando a una niña que hubiera perdido algo. A continua-

ción, se desdijo como si todo se tratara de un gran malentendido.

—No sé. Quizá estoy confundida. O me preocupa a tal punto mi querido Edward que malinterpreto todo.

Me sentí desolada. Como si, de pronto, el mundo dejara de ser conocido y seguro.

Bruna, a pesar de estar al lado mío intentando desdecirse, no logró calmar mi sensación creciente de colapso inminente. Me levanté de la cama como un autómata, con una mueca por sonrisa y le pedí que me dejara sola para cambiarme y preparar mi partida.

Con pena indisimulable, ella comprendió que la idea que se había hecho era errónea. Yo tampoco podía con toda esa información.

De los sucesos siguientes apenas tengo un registro borroso. Recuerdo haber regresado al estudio de Pisquis con mi mochila para esperarlo y, antes de que él se presentara, me acerqué a la ventana donde el día anterior había escrito algo con su dedo en el vidrio empañado.

Con una escasa conciencia que me permitía apenas permanecer de pie, atiné a soplar en la superficie del vidrio el vapor suficiente para dejar al descubierto el rastro de lo escrito. Se leía "amor o verdad".

Quiero huir de mí

… Todo el dolor regado por el mundo
parece que se adhiere en mi caída,
y vivo en un abismo tan profundo
lejos de lo mundano de la vida…

—Juan Pablo… Juan Pablo… —insistí con la llamada, sabiendo que no era posible que viniera a buscarme. Necesitaba, por lo menos, escuchar su voz para no hundirme del todo.

Después de intentar varias veces, advertí que él tampoco me había llamado. Cosa extraña, dado que siempre estaba atento. Focalizada exclusivamente en este encuentro que estaba teniendo, me había distraído de nuestras cosas en común.

Me di cuenta de que las comunicaciones estaban bloqueadas.

—¿Algún problema? —irrumpió alegre Edward.

—No, no. Es solo que no puedo comunicarme con mi asistente.

—Ah, sí. Me olvidé de aclararte que mantengo restringidas las comunicaciones en toda la zona por cuestiones de seguridad… Pero, obvio, si es necesario, puedo habilitarlas para que hables.

—No, no hace falta. —Traté de no evidenciar mi malestar—. Son asuntos que pueden esperar. Además, ya nos vamos, ¿no?

—Sí, claro. Apenas termine de preparar algo. Te voy a alcanzar a donde me digas. Será de paso porque aprovecho para continuar con un viaje que me acaba de surgir.

Pocos minutos después, rumbo a la pequeña plataforma donde estaba el vehículo, me despabilé por el aire frío.

Bruna me tomó ambas manos con discreción, pero con tal intensidad que hacía evidente que sería la última vez que nos veríamos.

—Estoy segura de que pronto te vas a sentir bien. Olvidate de todo lo que te dije.

Su saludo funcionó exactamente al revés. Me recordaba lo conversado, que intentaba dejar atrás lo más rápido posible. ¿Deseaba que me repusiera para lidiar con esa verdad?

Pisquis me vio de mal semblante y me preguntó si no quería retrasar la salida un par de horas. Ni siquiera le contesté. Me subí al vehículo para abandonar el lugar cuanto antes.

Una vez en el aire, y con la intención de hacer el viaje confortable, Edward me preguntó qué tangos quería escuchar.

Solo atiné a decirle que no me sentía bien y que eligiera él.

Luego se embarcó en un monólogo de anécdotas que se sumaron al fondo aleatorio de los tangos. Ya no con el propósito de seducirme, sino como una cacofonía que él mismo necesitaba escuchar para sentirse bien.

Fue notable que, a pesar de mi malestar y aun sospechando un trasfondo siniestro, no experimenté miedo.

Lo curioso era que no podía creerle. No en cuanto a la significación de lo que me contaba, sino como si sus palabras no alcanzaran a dar verosimilitud a su persona.

Me daba cuenta de que, hasta este día, siempre había confiado en las personas, sea lo que fuera que tuvieran para decirme.

Sentí un escalofrío y, a continuación, angustia por mi inocencia vulnerada. Ya nunca más podría confiar *a priori* en nadie.

Sueño de barrilete

Kilómetros más allá de la zona de restricción que aplicaba Pisquis a las comunicaciones, recibí un mensaje grabado de Juan Pablo que pude escuchar discretamente con mi implante: "Gardelia, vení lo antes posible. Un representante del Gobierno se presentó en tu casa… Pero no te asustes por Panchito; lo encerré en tu cuarto para que no se alterara". Mientras escuchaba atentamente a Juan Pablo, le daba respuestas monosilábicas a Edward, que relataba entusiasmado sus proezas. El mensaje seguía así: "No pude evitar que entraran. Me advirtieron que podían hacerlo por la fuerza. Trajeron un requerimiento del Estado para realizarnos un test obligatorio a vos y a mí. Tenían las imágenes de las afueras del presidio, cuando me agarraste sin los guantes de protección". Una pausa en el relato me anticipó lo que seguía: "Según el test, estoy infectado. Y es probable que vos también. No les dije dónde estabas, pero me advirtieron que ya te están localizando… Nos dan un plazo de setenta y dos horas para que pensemos qué vamos a hacer. Yo ya sé lo que haré, pero prefiero no decírtelo para que tomes tu propia decisión". La última frase reflejaba su tristeza: "Lamento que esto haya ocurrido… No sé qué nos pasó".

Sentí vértigo, sin dudas por la altura, pero también porque el mundo conocido que había construido con tanto esmero parecía llegar a su fin.

Ese mundo de la infancia, dichoso, junto con mis padres, que luego se convertiría en el mío propio, predecible, planificado en el esfuerzo, y que, aun en el último tiempo, pude imaginar que no perdería su condición por lo que pudiera ser la posibilidad de amar.

Todo se desmoronaba en cámara lenta y dejaba un vacío que necesitaba volver urgente a completarse de sentido.

—Te noto preocupada, Gardelia —dijo Pisquis, haciendo un alto en su monólogo—. ¿Qué te pasa?

—Estoy cansada. Solo eso.

Ahora era el turno de un mundo inclemente, desconocido, que se abalanzaba sobre mí.

—Ya casi llegamos. —Trató de calmarme—. Dame la ubicación.

Le di la referencia que me pedía y pronto sobrevolamos los alrededores de mi casa.

> *… Y he sido igual que un barrilete*
> *al que un mal viento puso fin.*
> *No sé si me falló la fe, la voluntad*
> *o acaso fue que me faltó piolín.*

De tu casa a mi casa

No quería que Pisquis llegara a mi casa y terminara su faena corrompiendo los restos de mi universo tal como lo conocía. Pero, a la vez, sospechaba que era necesario. Que fuera justo él, en su rol de verdugo de mi inocencia, quien me ayudara a borrar lo que ya no volvería a ser como era.

—¿Dónde nos posamos? —preguntó, maniobrando entre los árboles del parque.

—Adonde quieras —le dije con indisimulable desdén.

Sin darse por aludido, Edward se mostró caballero y me ayudó con la escotilla.

Aunque él no entendía qué me pasaba, permaneció expectante mientras yo paseaba mi vista por el jardín tratando de reconocer algo familiar que me devolviera el alma al cuerpo. Y no, todo me resultaba extraño. Incluso Pancho, recién despierto de una siesta, vaciló a la distancia y, desconfiado, lanzó un ladrido de advertencia.

—Pancho querido —lo animé con un resto de fuerzas para asegurarle que era yo.

Corrió y me abrazó parándose en dos patas y me llenó de lengüetazos.

—Qué simpático —dijo Pisquis. Y fue recién allí que mi Pancho se dio cuenta de que no estaba sola.

Se volvió hacia él y, apenas lo olfateó, metió su cola entre las patas y se alejó gimiendo como un cachorro.

Ese simple gesto activó en mí algo así como un interruptor. La evidencia irrefutable de que Pisquis era una amenaza, no solo para mí, sino para Pancho, por quien yo sería capaz de cualquier cosa.

Mi cuerpo, como el de un animal bajo amenaza, recobró su tonicidad.

—Gardelia. —Corrió Juan Pablo hacia nosotros—. ¿Están bien? —preguntó, como si Pisquis estuviera al tanto de la información que me había adelantado en el mensaje.

—Muy bien —dijo Pisquis, con renovado ánimo por la disposición con la que era recibido.

Me las ingenié para hacerle saber a Juan Pablo con un gesto de soslayo que debía guardar silencio.

—Entremos —invité a ambos con una amabilidad que me resultó rara.

En la puerta de entrada donde guardaba custodia, Pancho se parapetó contra la pared gruñendo, dispuesto a lanzarse sobre el intruso que yo había traído a la casa sin su permiso.

Me costó calmarlo a pesar de insistir con las caricias. El respondía alternando entre gemidos de cachorro y gruñidos.

Ya adentro, superada la incomodidad, me dispuse a agasajar a Pisquis y a Juan Pablo.

—¡Gardelia! —dijo efusivo—. Me encantaría vivir así.

Esta era otra evidencia de una personalidad compleja: por momentos, sospechosa y, por momentos, cándida.

—¿Qué tal el viaje? —preguntó Juan Pablo, simulando distensión.

—Muy placentero —respondió Pisquis, asumiendo que hablaba por los dos.

Me llamó la atención disponer nuevamente de toda mi energía y lucidez. Fui directo a sacar el servicio de té de porcelana de mi familia, que no había usado en años.

Pero, aunque lo merecía por el tiempo que había dedicado en mi ausencia, mi agasajo no era para Juan Pablo. Por extraño que pareciera, estaba siendo dedicado a Pisquis.

La mujer de la noche larga

Y la mujer se guardaba
ilusiones de uvas pardas,
mientras sus ojos quemaban
pasiones de rotas llamas.
Sobre la mesa rencores
se escurrían y quebraban
y se daban contra el piso,
haciendo cabriolas raras.
Sus manos tajeaban sombras
como filosas espadas
y dibujaban un cielo
inquieto de locas garzas.

—Ah… si la vida fuera solo esto —suspiró Pisquis, estirándose cómodo en el sillón de mi *living* y saboreando meticuloso una de las masitas caseras recién hechas con mi impresora gastronómica.

—Ustedes conversen mientras termino los preparativos —dije, saliendo al jardín a cortar algunas inflorescencias invernales que servirían como centro de mesa.

Me sorprendí a mí misma por tanta dedicación hacia el invitado. Supuse que sería en respuesta a la hospitalidad recibida en su casa.

Pero no se trataba de eso. Era como la representación de un personaje en una trama que no terminaba de develarse. Hacia una escena inexorable en la que confluiríamos los tres.

Cada acción que emprendí a partir de ese momento podría leerse erróneamente como amorosa, aprendida de mi abuela materna para lucirme como anfitriona.

Pero no. Solo estaba enfocada. Después de todo, soy científica.

Saqué un mantel reservado para ocasiones especiales; lo extendí con movimiento preciso; coloqué las piezas de porcelana, el pequeño florero en el centro; puse a calentar el agua y expuse un cuidadoso surtido de variedades de té.

Faltaba solo un poco de mermelada, manteca y el pan hecho con mis manos que solo había que descongelar… pero ¿dónde estaba el cuchillo de rebanar?

Ambos hombres conversaban. Uno, seguro de sí mismo, haciendo notar su superioridad. El otro, temeroso, disimulando su confusión por algo que no se aclaraba.

A pesar de que ambos podrían haber sido dignos invitados, en ese momento, eran simples *partenaires* de una escena que nos trascendía.

¿Dónde puse el cuchillo? Era necesario un corte prolijo para el pan amasado con amor en otro tiempo, cuando la vida era más amable.

—Tengo que seguir al norte —dijo, como al pasar, Pisquis, haciéndome notar mi demora en los preparativos.

—Sí, por supuesto —le dije, aprovechando para incluirme en la charla.

—Se me ocurrió molestarte con una última cosa —dije con aparente espontaneidad, mientras rozaba, a propósito, su cuerpo de costado al momento de servir el agua hirviendo en su taza.

—Lo que necesites —dijo bien predispuesto.

—Me pregunto, si fuera posible, y ya que trabajas para los laboratorios, si tendrías a mano un test para hacernos antes de irte. A Juan Pablo y a mí —pronuncié, mientras ahora le servía con pulso firme a Juan Pablo, que se puso lívido de repente.

—Parece que a Juan Pablo le da miedo tal cosa —rio burlón.

—Puede ser —me sumé con ironía, guiñando el ojo a Juan Pablo, de modo que solo él lo advirtiera.

Pisquis extrajo con naturalidad de entre su ropa una especie de lapicera para testeos. Era inocultable su orgullo por facilitarnos algo que solo administraba el Estado.

Mientras yo procuraba terminar con los preparativos para sentarme a la mesa, él estiró la mano para tomar primero la muestra del brazo de Juan Pablo y luego del mío.

—Un minuto —nos dijo, habiendo depositado el testeo en la mesa a la espera del resultado mientras se dispuso a disfrutar del té.

Seguí dando vueltas, pero no había caso, no podía acordarme dónde había dejado el cuchillo…

—No te preocupes, Gardelia —dijo Pisquis, dándose cuenta de que estaba obsesionada con el asunto—. Traé cualquiera.

Esas palabras fueron la solución. Recordé que tenía algo muy apropiado. Un cuchillo filoso y puntiagudo de hechura artesanal, que me había regalado hacía tiempo un hombre viejo que vivía en el monte, lejos de las casas del pueblo.

Me acordé, incluso, de la frase que había acompañado el obsequio: "Gardelita, no tengo nietos y esto es muy valioso para mí. Con este cuchillo, mi abuelo carneaba chanchos. Conservalo, antes de que alguno de estos días me descomponga, me lleven de apuro y algún *amigo de lo ajeno* lo manotee".

A partir de allí, los movimientos y las palabras de cada uno de

nosotros se sincronizaron y las experimenté como si solo debiéramos obedecer.

Enfilé hacia el pan que estaba al lado de Edward en la mesa, en el exacto instante en que él, con una exclamación, nos confirmaba que Juan Pablo y yo estábamos libres de toda contaminación.

En ese preciso momento, sentí subir un fuego desde el fondo de mis vísceras, corriendo en una sola dirección: hacia la mano que blandía el filo justiciero.

Pisquis vio que la punta de la hoja no coincidía con el pan y que lo miraba como pidiéndole autorización para algo que debería estar sobreentendido.

—Estás colorada —advirtió sin sospechar de mis intenciones.

Quedé extática, al filo de caerle como un rayo.

—¿No estás contenta? —me preguntó, sin tener la menor idea de lo que me pasaba—. ¿No están contentos? —insistió, incluyendo ahora a Juan Pablo, que se debatía en su propia confusión.

PARTE 4

El am0r

Al final de la tormenta

Un golpe del otro lado del ventanal disolvió la tensión de la escena. Me costó darme cuenta de lo que pasaba, aún poseída por un ardor en la sangre que bloqueaba mis reflejos.

Juan Pablo, estupefacto, tampoco podía reaccionar. Solo Pisquis, que disfrutaba de un bienestar que nosotros le habíamos provisto, se dio cuenta de que se trataba de un dron enviado por el Gobierno, con el propósito de continuar el protocolo que se había puesto en marcha contra nosotros. Torpemente manejado por un piloto a la distancia, chocaba una y otra vez contra el vidrio.

Sin sospechar nada, pero muy molesto, Edward corrió a su encuentro e, inmediatamente después, fuimos testigos de un diálogo que no alcanzamos a escuchar entre un Pisquis exaltado y el aparato que se sacudía en el aire e insistía en la urgencia del requerimiento oficial.

Luego de un par de minutos de discusión con la máquina, Pisquis exhibió una especie de identificación que dio por terminada la disputa. El dron procesó la información un instante y luego se retiró a toda velocidad.

Sonriente, Edward pegó la cara al vidrio y levantó el pulgar.

Esperamos su retorno triunfal, pero, en lugar de eso, escuchamos primero un gruñido de amenaza, luego un ladrido fuerte y corto, y, a continuación, unos gritos desgarradores, en una secuencia brevísima que pareció eterna.

Nos miramos con Juan Pablo y caímos en la cuenta: ¡Pancho!

Corrimos y encontramos a Pisquis tirado en el pasto con la pierna sangrando profusamente, descompuesto de dolor, y a Pancho escondido en su cucha, haciéndose cargo de su accionar.

El universo parecía haber enviado un castigo providencial para apartarme de la intención de hacer justicia por mano propia.

Juan Pablo corrió por el botiquín de la casa para proveerle primeros auxilios y yo me quedé al lado de Edward.

Atenta a la gravedad de lo que sucedía, no pude evitar sentir, al mismo tiempo, angustia por el daño producido por el ataque y un alivio por cierta justicia llevada a cabo por mi querido Pancho, que me liberó de cargar con eso.

La pericia de Juan Pablo con la herida me llamó la atención sobremanera. No era un procedimiento común. A pesar de estar ocupada consolando a Pisquis, no resistí preguntarle.

—¿Dónde aprendiste todo eso? —Viendo que, después de desinfectar de manera meticulosa la mordedura, aplicó con precisión una inyección de analgésico local y se dispuso a coser provisionalmente la carne desgarrada.

—Mi madre es médica.

—Ah, no sabía.

—Pensé que te lo había dicho antes de que fueras a verla…

—¿A verla? —No entendía de qué me estaba hablando.

Pisquis se molestó por la conversación que se superponía con su padecimiento. Situación inevitable, aunque absurda.

—¿A qué te referís? —insistí confundida.

—A mi madre, Juana… La conociste hace un par de días —dijo con fastidio—. ¿Cuál es el problema?

Luego de un par de horas en las que nos alternamos para proveer a Pisquis de los cuidados necesarios para que pudiera reanudar su viaje, lo acompañamos a subirse a su vehículo.

Juan Pablo le dio analgésicos que harían posible continuar con sus asuntos urgentes y también hizo un excelente vendaje disimulado debajo del pantalón. El roto quedaría en casa como un breve trofeo de Pancho que iría a parar a la basura.

Me sentía responsable de trastornar los planes de Pisquis, pero también tenía la sospecha de que esa misma persona, brillante y encantadora de a ratos, era alguien en quien no podría confiar nunca más.

Pisquis se apoyó sobre el hombro de Juan Pablo para caminar y le expresó cálidas palabras de agradecimiento. Lo mismo hizo conmigo.

—No se preocupen por el Gobierno; ya intercedí para que dejen de molestarlos. Están libres de cualquier infección y les voy a extender un certificado de excepción apenas llegue a mi casa —aseguró.

A pesar del ataque, conservaba el buen ánimo.

—¡Pancho! —gritó sin rencor para que viniera a despedirse. Pero no vendría; se había autoconfinado para purgar su culpa. Era el más congruente de todos.

—Seguimos en contacto —dijo y cerró la escotilla con un gesto grandilocuente.

El artefacto se elevó con lentitud para luego acelerar rumbo norte.

Permanecimos estáticos en el parque sin saber cómo retornar a la normalidad de nuestras vidas luego de eventos tan extraños y, a la vez, significativos.

Yo estaba exhausta. Todo el cansancio de los últimos días me cayó encima.

Pancho parecía el único que entendía por dónde había que retomar la historia. Se acercó con la cola baja, por si hubiera algún reproche; me buscó la mano para que lo acariciara como una rutina simple que ayudara a reconectar con la vida tal como la conocíamos.

Al final de la tormenta...
había que empezar todo de nuevo...

Sueño gardeliano

... Cantar (me decía en un tango),
no basta voz melodiosa, es sentir esas cosas,
vivir el motivo que lleva escondido...

Los tres contemplamos un poniente de cúmulos rojos; Pancho al alcance de mi palma, moderando su ansiedad para no desentonar;

Juan y yo tomados de la mano sin siquiera haberlo notado. Testigos de la marcha muda y redonda de una luna que, desde el este, arrastraba consigo la noche.

—¿Así que Juana es tu mamá? —pregunté incómoda con tanto silencio.

—Sí —dijo en voz baja y agregó sin mirarme—: Tenemos mucho de qué hablar.

—Mañana —contesté—. Apenas tengo resto para llegar hasta mi cama.

Iba a desaparecer del mundo sumergida bajo mis sábanas. Me preparé a conciencia. Sentía que mi mente se había desestabilizado al filo de perder el juicio y que solo una cura de sueño podría reparar tanto estrés.

Los sueños, como tantas veces, vendrían con sus texturas reconfortantes a sanarme. De todos los que experimenté en esas horas, recordé el último:

Observaba todo desde cierta altura, protegida de la inclemencia del cielo por una fronda vegetal, en el interior de un glóbulo traslúcido que se estremecía con el viento, apenas sujetada por un ápice conectado con lo nutricio de la tierra que ascendía por el tronco hasta mi rama.

Intacta, límpida, creciendo, aunque no quisiera. Igual que otras como yo, que pendían del mismo modo.

Las demás, similares en la forma, contenían cada una su propia esencia. Se podía oír claramente como sonaban detrás de sus cáscaras, expresando la particularidad de sus voces dentro de una armonía general monocorde, igual a cuando los instrumentos de una orquesta afinaban antes de un concierto.

Entre todas las voces, había conocidas ensayando su prosodia. La de mi padre, como un arrullo que enseñaba a soñar; la de mi madre, menos dulce, pero precisa en la modulación… la de Pisquis, ensayando fábulas; la de Juan Pablo como un murmullo que me reconfortaba. Y la mía: un gorgoteo que no llegaba a ser canción.

Cada una en su atmósfera protegida, esperando madurar para poder cantar.

Aquella tendencia al canto no había surgido solo de nuestra condición. Era fruto del intercambio con una criatura que llegaba en solitario o en bandada, de otra especie, posándose y gorjeando a nuestro oído, instruyéndonos para hacernos hábiles en una canción futura.

Pero hoy no era ocasión de pájaros cantores, sino de sujetos sombríos que graznaban, picoteaban y sentían celos de aquellos.

Nada podíamos hacer, los glóbulos, más que esperar mudos la suerte de cada uno.

Como un ejército furtivo, los pájaros se lanzaron a la faena y cercenaron el vínculo frágil que nos mantenía con vida.

Uno, por demás renegrido, se posó cerca para luego lanzarse a la rama donde estaban mis padres y se ensañó con ellos. Apenas recibido el primer golpe, cayeron a tierra, corrieron la misma suerte que otros, rodaron entre picotazos y se corrompieron en el suelo. El ave parecía más dispuesta al estropicio que a la posibilidad de alimentarse.

Pero, por alguna razón, ese día fue diferente para mí. Rompiendo todas las reglas, me animé a cantar en medio del sordo festín.

Así fue que el pájaro encargado de darme el golpe fatal se tornó curioso y abandonó su conducta habitual. Acercó en alternancia uno y otro ojo sin alma a la superficie de mi esfera contenedora y registró, en su cerebro, un placer nuevo.

Esta vez pudo escuchar atento la canción, sin sentir el odio ni la vergüenza que le provocaban, por lo general, sus congéneres mejor dotados.

Saciada su curiosidad, el pájaro voló lejos.

Me sentí aliviada, pero, de ningún modo, consideré que aquello alcanzaba para cambiar algo en el futuro.

A lo sumo, sería una forma de esperar el turno que le tocaba a cada quien, de una manera menos dramática. Apenas poética.

Luna llena

Al despertarme, la luz reinante me confundió. Parecía apenas un poco más tarde de la hora en que me había acostado. Pero la particularidad del momento se palpaba en el aire y pertenecía a otro día.

Había dormido más de veinte horas sin recordar las veces que debí haberme levantado para ir al baño.

Renovada físicamente, con hambre y de ánimo repuesto, salí al parque.

Una brisa agradable que reconozco de siempre anticipaba el plenilunio.

La pérgola de mi patio lucía transfigurada por foquitos de colores que Juan se había tomado la libertad de colgar, tratando de replicar un aire de milonga bailable.

La música sonaba bajo, con un par de mesas de bar con sus sillas correspondientes. En el centro del improvisado escenario, Juan practicaba con su "profesora": un holograma cuasifantasma, elegido en una aplicación que, en este caso, evocaba a una "mina diquera". Blusa roja, falda negra corta y con tajo, medias caladas y tacos. La figura tornaba de la gama del verde —correspondiente a los aciertos— al naranja —en los pasos dudosos— y al rojo, cuando Juan recaía en el error.

Aprovechando su concentración, me senté a contemplar a cierta distancia sin que se diera cuenta.

Los rayos lunares de blanco grisáceo competían con los focos multicolores en ver quién dibujaba mejor la sombra de aquel muchacho. No permitirían el engaño de un baile de artificio.

—¡Lindo semáforo! —me burlé.

Él ignoró mi comentario, focalizado en el intento de impresionarme con su mejor firulete. Pero la compañera que habitaba solo en la red, por más que mostrara lascivia pegando la mejilla a Juan, no dejaba de tornar una y otra vez al rojo. Y no por vergüenza.

La imagen de aquella mujer calcada en el aire era la excusa para hacer evidentes los movimientos viriles que despertaron en mí una tibieza en la panza que se fue irradiando en todo el cuerpo sin poder evitarlo. Es más, no quería evitarlo.

Sensaciones que, hasta ese momento, solo estaban permitidas en la intimidad de mis sueños.

Ardor creciente y un dulzor en la boca… Sucesión y multiplicidad de matices que se encendían y apagaban, y volvían, incluso, para sofocarme. Y ansias de tocar aquellos músculos inexpertos que ensayaban intentos de masculinidad plena.

Cerré los ojos y me sorprendí al reconocer, a la distancia, el olor de su transpiración entre otros aromas nocturnos. ¿Ya lo conocía? Seguro; habíamos estado juntos, aunque por momentos.

Me pareció que la luna había reconocido el ritual de siempre y demoraba su trayecto para acompañarnos en una cadencia que acontecía en esta hora y en este patio.

Si no me engaña el corazón

> *… Yo sé que tú me buscas como yo te busco a ti,*
> *amor que ya has tardado tanto…*
> *… Por eso, si algún día nos cruzáramos los dos,*
> *sé que te reconoceré.*

—Tenemos que hablar —insistió, intentando no perder el compás—. Traete tu *empatizador*.

Juan pretendía conversar y bailar. Todo a la vez.

Pensé que no podría, pero estaba equivocada. A solas y con perseverancia, había adquirido la destreza suficiente para evitar los tropiezos. Y, sobre todo, había en él una actitud que me resultaba diferente.

—Nunca usamos el *empatizador* entre nosotros —señalé.

—Sí, ya era hora… Nos va a ahorrar tiempo —aseguró con tono varonil.

Me sostuvo firme como en aquella otra ocasión, no hacía mucho, cuando yo lo había empujado. Esta vez, estaba lista para aceptarlo.

El tango que sonaba parecía incentivar la particularidad de nuestros géneros. No sabía si eso era algo aprendido o si los músicos habían encontrado, en su afán por acompañar la danza, una llave maestra que conjugaba la unión de lo femenino y lo masculino.

—¿Vamos a hablar o a bailar? —pregunté divertida.

—Vamos a probar si lo tuyo funciona. Y si lo mío también —dijo, refiriéndose a sus ensayos danzarines.

Con el empatizador en las cabezas, me ceñí a él, comprobando que habíamos abandonado cualquier vestigio de timidez.

En paralelo al baile que desplegamos con modestia, nos ocupamos de ponernos al día.

Sentí una comunión más allá del experimento. Sabía, en el fondo de mí misma, que Juan había estado siempre muy cerca. El contacto neuronal solo confirmaba ese sentimiento.

Con pocas palabras dichas en voz baja, confiamos el trabajo a mi invención, compartiendo contenidos en una alternancia de caleidoscopio.

Le conté de mis padres, de mi vida, de la duda atroz que me había generado Pisquis, de Bruna, de las flores en la montaña y del sueño improbable que me llevó a pretender ser otra persona por un momento.

Él me hizo saber de su miedo de las últimas horas, del desconcierto por mi conducta, de su infancia en la sierra junto con su madre y de la necesidad de prepararse como científico para volver a trabajar en aquel lugar haciendo su aporte en el intento de mitigar los daños de las sucesivas pandemias.

Ahora entendía la intención de acercarnos a su madre y a mí.

La presencia lunar se apoderó de nuestros ánimos y los subordinó.

Exigía que abandonáramos las palabras y que atendiéramos a nuestros cuerpos, que también pedían aclaraciones.

Y, para eso, ya no hacía falta ningún artificio.

Nos quitamos los auriculares y obedecimos al deseo que reclamaba su lugar esa noche. Vaciándonos del sí mismo conocido para volvernos a llenar con nuevos cielos, mares y lugares recónditos que iríamos juntos a buscar.

Y así llegó el turno de los labios. Agolpándose en mi cabeza todas las poesías guardadas hasta entonces, esperando cada una su turno para ser pronunciada entre beso y beso. Cuidadosa de ser fiel traductora de todo lo que teníamos para sentir.

La luna nos dejó a solas en nuestro patio, con nuestros tangos, con nuestros cuerpos. Confiada de haber echado a rodar su fecundidad laboriosa.

Un mundo para los dos

El tiempo de lo conocido se detuvo. Nos entregamos a un día circular, indiviso, para explorar todo lo que pudiéramos, hasta quedar exhaustos.

El sol pasaba puntualmente, mirándonos de reojo, como evidencia de que allá afuera el mundo seguía con su medida habitual.

Afanosos, fuimos por la confirmación de cada cosa: la sal de la piel, la confianza, la superposición de una sensación sobre la otra, la ingravidez, lo dulce de la carne, la palabra que definiría ahora lo que había estado insatisfecho.

Comprobamos la medida del aliento disponible, el gramaje pre-

ciso del tacto, la laboriosidad de los músculos, la futilidad del yo cuando muere súbitamente de placer.

La ilusión de ser dos los que se tocan, cuando, en realidad, hay una sola experiencia sirviéndose de dos cuerpos.

Pero no se trataba solo de explorar los límites de la piel. Queríamos incluir, en nuestra celebración, todo lo que nos rodeaba: pájaros y grillos en su alternancia; el color particular de cada hora; el rastro imperceptible que dejaban las estrellas.

Sintiendo de dónde venía el viento según lo húmedo y lo seco; la promesa de la semilla en la mano; el resuello del caballo cuando el hombre lo deja en paz.

Todo un mundo nuevo que estaba contenido en el viejo. Escondido y, a la vez, disponible para quien se animara a percibir.

Y, una vez saciada nuestra sed por cada cosa, sobrevino una inquietud que buscaba volverse pregunta. Juan y yo, tal vez, por efecto de estar finalmente completos, aunque fuera por el momento, nos preguntamos si esta nueva manera debía ser solo para nosotros.

Colmados, era natural querer invitar a otros.

Pero ¿quién se animaría a acompañarnos? Habiendo estado toda una vida refugiados en lo conocido, en lo seguro. Protegidos de la incertidumbre natural y de la impuesta por el miedo.

Por paradójico que fuera, la nueva manera de encontrarnos con las cosas nos forzaba a una mudanza de nuestros mundos seguros y personales hacia algo más grande que nosotros mismos.

Juan intuía por dónde había que continuar. Solo faltaba que yo aceptara esa visión.

La mariposa y la muerte

Una vez mi corazón
dijo en son de profecía,

Me resultaba necesario comprender a fondo a qué se dedicaban en la comunidad de su madre. Aunque no lo dijera, Juan estaba muy comprometido con eso.

Pancho participaba de nuestras reuniones en el jardín de invierno y se beneficiaba del convite de algún bizcocho que acompañaba el mate riguroso y alguna caricia en medio de tanta abundancia amorosa.

Alternábamos entre el trabajo que debíamos atender por mi beca y largas horas en las que yo lo ayudaba a pensar métodos de investigación que él se proponía instrumentar en la comunidad cuando concluyera su formación. Juan insistía en construir un proyecto en común que nos permitiera trabajar juntos o, al menos, bien cerca.

—Lo que más me cuesta es entender cómo querés volver a un lugar donde las personas van a morir —me sinceré.

Juan bajó la cabeza, avergonzado por haber dado por sobreentendidas ciertas cosas.

Al darme cuenta, lo abracé para asegurarle que nos tomaríamos el tiempo que fuera necesario para aclarar lo que hubiera que aclarar.

—No estoy acostumbrado a hablar de esto. Aprendí de chico a mantenerlo en reserva. Escuché siempre en silencio el prejuicio que asocia ese lugar con la muerte —dijo, reflexionando en voz alta.

—¿Y no es así? —pregunté.

—No… Claro que no —sostuvo animándose a probar esta vez mejor suerte.

—Es un lugar de Vida.

Esa afirmación me sonó temeraria.

La intimidad lograda hasta ese momento parecía un requisito indispensable para que Juan confiara en darse a entender. Era algo demasiado significativo.

—Es difícil de explicar —dijo, buscando las palabras.

—Probemos.

Tomó el mate con ambas manos y se quedó en silencio por un rato. Luego, confiado de tener asegurada mi atención, me miró como apelando a un entendimiento que debiera ser sencillo.

—La gente que va allí pasa a estar más viva que nunca…

Debió de haber visto mi gesto.

—Quiero decir… Por supuesto que van a morir… Están desahuciados —dijo con una mueca agridulce—. No me gusta esa palabra…

Su razón y su memoria parecían debatirse por algo que había visto, pero no lograba transmitir.

—¿Qué es lo que sucede allí? —insistí para ayudarlo.

—Cuando vivía con mi madre, vi cómo eran atendidas esas personas en el tránsito final, cosa que podía durar días o hasta meses… Mamá me llevaba desde que tengo recuerdos para estar con ellos. Le parecía importante que viviera eso. Permitía que me encariñara con algunos, sabiendo que perdería esos vínculos en poco tiempo, incluso exponiéndome, en algunos casos y con muy poca edad, a ser testigo de algún fallecimiento.

Juan se quedó escuchándose a sí mismo.

—Es una sensación de perplejidad que me acompaña hasta hoy.

Siguió recordando:

—Los recién llegados parecían recuperar algo olvidado. Una vez encontrado, lo atesoraban y lo irradiaban, aunque no se dieran cuenta. Como una vela que se consume sin dejar de iluminar lo que está cerca hasta el último momento.

—¿Cómo es posible? —le pregunté.

Juan respondió sin dudas:

—Tiene que ver con el acompañamiento de los *cuidadores*.

—¿Quiénes son los *cuidadores*?

—No podría decirte con exactitud. Mi madre nunca me explicó lo que hacen. Solo se ocupó de no ocultarme nada. Recién ahora intuyo que, de algún modo, el trabajo que ellos tienen se emparenta con lo que vos estás buscando.

—¿Cómo?

—Los enfermos venían a completar su experiencia, que, a lo largo de la vida, fue pobre, en muchos casos, por las restricciones.

—¿Y qué tienen que ver los *cuidadores* con eso?

Juan Pablo se quedó hurgando en la escasez de su explicación y, a la vez, estaba profundamente convencido del sentido de lo que decía.

—Sería mejor que te lo contara mi madre.

Mi vida junto a vos

Hubiera sido mejor encontrarnos personalmente, pero la urgencia de Juan para que yo entendiera y la agenda ocupada de su madre hicieron que optáramos por una comunicación holográfica.

La necesidad de esclarecimiento era de él, aunque también determinaría si yo me sumaba a una vida en común.

El hecho de que Juana accediera a la charla hizo que Juan se entusiasmara al punto de mandarle un *empatizador*.

Mientras emplazábamos mi cámara en el jardín de invierno, donde trabajábamos todos los días, Juan me contó que su madre, en un comienzo, había sido *cuidadora* y que, desde hacía tiempo, se ocupaba de liderar el proyecto financiado por una Universidad, no solo para acompañar a quienes buscaban morir de una forma diferente, sino también para hacer investigación epidemiológica.

Una vez instalados, nos sentamos a esperar el contacto de su madre, que se retrasó bastante.

—Hola… Esperen un momento que me acomode. —Escuchamos su pedido sin imagen.

Unos minutos después, la conexión revelaba la causa de la demora. Juana había querido alejarse a caballo y aprovechar la con-

versación para distenderse y explorar algún tramo escondido en los arroyos de la zona.

Montó su cámara en un dron que, sobrevolando fijo a cierta altura, nos dio un panorama de inmersión que nos tomó por sorpresa. De repente, estábamos los tres sentados a orillas de un curso de agua típico de serranía. Rodeados de las paredes altas y húmedas de una barranca con el mismo sol, aunque a cientos de kilómetros de distancia. Entre pastizales duros y rocas pulidas. Con su caballo en el borde superior del barranco, esperando a su dueña, asomándose con recelo por nuestra falsa presencia.

—Bueno… Acá me tienen —saludó con ánimo distendido, aunque era difícil adivinar su verdadera predisposición.

Juan se distrajo con las piedras que florecían en múltiples formas alrededor nuestro, supuse que esperando "aclimatarse" a la transmisión, pero evidenciando, además, un ritual familiar de preámbulo respetuoso.

—Estamos trabajando con Gardelia. Ya sabés… En algo que me parece que podría ser útil.

La saludé con desconfianza, alzando apenas la mano. A causa del maltrato recibido en el encuentro anterior, prefería escuchar el intercambio entre ellos y solo hablar si Juan me lo pedía.

Juana aún no demostraba interés. Jugaba con un pasto en la boca y exponía el rostro a los rayos del sol con los ojos entrecerrados, aprovechando el parapeto natural y la tibieza escasa que se conseguía en la sierra por esa época del año.

El fondo del socavón, tallado por el agua hasta el estrato de piedra donde se hacía lecho de arroyo, nos aislaba de cualquier ruido de la periferia, amplificando el de la corriente.

"Qué falta de respeto", pensé, más que por mí, por Juan, que se removía inquieto.

—Ya te hablé de esto, mamá —dijo, intentando convocar la buena voluntad de ella—. Creo que, con esta invención de Gardelia, se podría favorecer la comunicación con los pacientes.

—No son pacientes —dijo con parquedad y luego se sumergió en un silencio más extenso.

Sin embargo, parecía abocada a conjurar cierta atmósfera que garantizara un clima para explicar lo que venía haciendo en todos estos años.

Con una voz que evidenciaba una paciencia que hubiera jurado que no tenía, Juana le preguntó a su hijo:

—¿Qué recordás de los *cuidadores*?

No le estaba tomando examen. La madre apelaba a los recuerdos de su hijo para favorecer que encontrara por sí mismo la respuesta.

Juan, sin tener disponible una precisión en tal sentido, prefirió arrancar con las condiciones de la contraparte. Los *huéspedes* debían demostrar su situación médica irreversible para los tratamientos convencionales, dar consentimiento para colaborar en las investigaciones virales, dar fe de su condición de individuos ya sin lazos, y era requisito haberse despedido de sus seres queridos y puesto en orden sus asuntos materiales.

Una lista de cosas tan simples de enumerar, pero que representaban tanto coraje que solo escucharlas me abrumó.

—Sí, esos son los requisitos de los postulantes, pero ¿qué hace un *cuidador*? —insistió Juana, esperando mayor comprensión de su hijo.

A pesar de estar sentado a mi lado, pareció desdibujarse entre un mundo virtual y el otro. Las cámaras no alcanzaban a registrar el cambio de estado que su madre, con sus preguntas, había facilitado en su memoria más profunda.

Transfigurado, comenzó a expresarse en un lenguaje no del todo racional:

—La verdad es que no sé… Recuerdo algo "sagrado" entre quienes acompañaban y eran acompañados… Nunca volví a sentir algo así en mi vida.

Juana lo miraba como volviendo a reconocerlo mientras él se adentraba en un lugar recóndito de su infancia.

—No se parecía a nada que tuviera que ver con la muerte —dijo, como recuperando fragmentos olvidados—. Era más bien alegría… Acompañante y acompañado parecían amigos que compartían cierto bienestar, sabiendo, incluso, que uno de los dos se iría pronto.

Miró a su madre con extrañeza.

—Lo recuerdo, pero no lo comprendo —dijo azorado.

Juana asintió con satisfacción. Comprobaba que había valido la pena hacerlo testigo de aquello.

—Tampoco sentía ningún temor —continuó—. El miedo recién lo conocí cuando me fui a la ciudad.

Aunque estaba físicamente al lado mío, Juan parecía haberse instalado en ese lugar donde residían su infancia y su futuro.

Sentí que me estaban dejando afuera de algo íntimo que compartían. Hablaban no de ejemplos o anécdotas, sino de vivencias.

Como habiendo sido descubierta en tal pensamiento, Juana me dirigió la palabra con dulzura, pero fijando su posición.

—Querida, espero que comprendas que no necesitamos de tu invento.

—Puede ser —dije respetuosa, pero, inmediatamente, me sorprendí a mí misma en una asertividad poco habitual—. ¿Tiene mi *empatizador* con usted?

Juana se incomodó con la pregunta.

—No lo sé.

—Te lo mandé. Lo tendrías que tener con vos. Sabías que hablaríamos de esto —exigió Juan con firmeza.

Juana simuló no recordar y revolvió con fastidio su morral.

—Sí, acá está —dijo con inocultable molestia.

Atenta a que la situación se volvía tensa, continué amablemente:

—¿Podría colocárselo y contarme qué es un *cuidador*?

Juana comprendió que no podía negarse y se lo colocó sin poder evitar un refunfuño.

—¿Qué querés saber?

Y cuando te nombre

… Tanto te busqué por tanta vida.
Tanto tu ternura me hizo falta.
Tanto que al buscarte te nombraba
con el simple nombre del amor.

Juana se ajustó el auricular; Juan esperaba el resultado, y yo me dispuse a demostrar que mi invención valía la pena, aunque no sabía si aplicaría en ese lugar para algo.

Pero lo que sucedió fue inesperado. No se parecía en nada a los intentos anteriores.

"Un *cuidador* tiene un profundo respeto por la persona que acompaña…".

Las frases que ella empezó a pronunciar parecían servir como excusa para otra cosa. No porque no tuvieran sentido, sino porque iban en paralelo con lo que yo empecé a experimentar más hondamente por nuestra conexión cerebral.

Cerré los ojos. El artificio de la cámara inmersiva me resultaba ahora un estorbo para lo que se me hacía evidente.

Aunque Juan estaba a mi lado, percibí a su madre más cerca a pesar de la distancia.

Experimenté mi cuerpo de una manera inusual. El peso corporal era una sensación de totalidad nueva. Lo mismo la respiración, que me resultó un fenómeno tan disfrutable con cada nueva inhalación como si estuviera degustando un manjar.

La voz de Juana funcionaba como una guía que me introducía en un territorio propio pero virgen.

"El *cuidador* no es el responsable de provocar algo en el *huésped* que deba acontecer…".

Percibí, en mi organismo, la coexistencia de temperaturas diferentes. No entendía cómo algo tan evidente nunca había sido percibido así.

Mi propia forma y tamaño corporal pasaron a ser una sensación general que no coincidía con las representaciones de mi memoria.

—¿Vas entendiendo? —preguntó Juana.

—Sí —suspiré apenas para no perder la concentración.

Pero lo que experimentaba no se limitaba a lo intrapsíquico.

El ambiente de mi casa y de los alrededores se hizo tan presente que empecé a incluirlos sin dificultad, en una sucesión de percepciones que se agregaban sin estorbo.

"El *cuidador* no conduce; solo se pone tan cercano al *huésped* que, con un mínimo gesto, sabrá por dónde debe seguirlo…".

Olores, la respiración de Pancho detrás de la puerta, el canto de los gallos desde los rincones más remotos, el mugido de una vaca reclamando por su ternero, el frío corriendo al ras del piso.

Quise probar si podía interrumpir eso sin perderlo.

Abrí los ojos y lo vi a Juan al lado mío como un niño paciente que esperaba lo que debían resolver los mayores. Me llenó de ternura; comprendí en el acto que debía volver a su lugar de nacimiento para aclararse y poder seguir adelante. Tal vez, podría acompañarlo.

Me sumergí de nuevo en la experiencia junto con Juana, quien continuó recitando esa suerte de *decálogo del cuidador* como una letanía casi profética.

"No buscamos a los *cuidadores* en el mundo académico. Si lo hacemos, es en contadas ocasiones. Solo un *cuidador* reconoce a otro, aunque este no sepa aún de su condición…".

Mi intención había sido contactar con el mundo subjetivo de Juana, pero sucedía lo contrario. Me introducía más y más en una propia condición del Sí Mismo que me resultaba familiar y, a la vez, olvidada.

Sentí que no quería volver a ser la de siempre. Me iba desarropando progresivamente hasta quedar desnuda.

"El *cuidador* no invadirá al *huésped* con intención de ayudarlo. Esperará pacientemente a que la persona le muestre cómo es vivir eso que le toca. Recién entonces, el *cuidador* pondrá su propia existencia a disposición…".

Juana decía todo aquello sin grandilocuencia, amadrinando un estado para mí y, al mismo tiempo, para ella misma.

"El *cuidador* no querrá que el *huésped* vaya a ningún lado. Lo seguirá con una presencia apacible, andando y desandando tantas veces como sea necesario y respetando por dónde el otro quiera ir…".

—Hasta que los dos encuentren su hogar —añadí sorprendida por mi afirmación tan en consonancia.

—Exactamente —convalidó Juana, como si hubiera salido de su propia boca.

Había arribado, gracias a ella, a un mismo lugar interno.

No me había explicado cómo hacerlo. Solo había puesto a disposición su presencia, mediatizada por mi invención.

Mi identidad habitual se disolvió y me dejó en un disfrute común que nos definía sin nombres propios. Y que, aun a la distancia, nos hermanaba.

—Estoy sorprendida —dijo—. O tu aparato es muy eficaz o ya conocías esto.

—No lo conocía. Me lo mostraste.

Quedamos los tres en silencio. Nosotras en calma, y Juan en un estado de ebullición por el éxito de la prueba.

—Ahí tenés la utilidad del invento, mamá.

—¿Cuál?

—Mostrarles a los candidatos a *cuidadores* de qué se trata todo esto.

Juana se quedó sopesando las palabras de su hijo; luego se levantó; se sacudió el polvo de su ropa de campaña y dio por concluida la conversación. Sin darnos tiempo a una despedida, trepó el barranco por un resquicio barroso y se montó diestramente en su caballo.

Antes de desaparecer, lanzó una última frase, que me tenía por destinataria:

—Qué curioso. Parecés una buena candidata.

Epílogo

Volver

—Juampi, dejá tranquila a tu hermana.

—Pero, mamá, ella es muy chica y no se lo puede poner sola.

La escena, repetida, consiste en un forcejeo en el asiento del acompañante, el lugar de privilegio al lado de la abuela.

A los dos les encanta el sonido y la sensación al tacto de la hebilla del cinturón de seguridad cuando se abrocha y se desabrocha. El vehículo, a punto de destartalarse, aún presta un servicio eficaz: con una antigüedad de no menos de cien años, Juana lo usa siempre para buscarnos en la ruta. Dueña y máquina exhiben una pátina de respeto ganada por los años que resulta fascinante para los niños. Dicen, con admiración, que no hay nadie que se parezca a su abuela.

El viento caliente y polvoriento de las cuatro ventanillas abiertas me da pleno en la cara y un *déjà vu* hace que todo me resulte perfecto. Aun los aullidos de pelea entre Malena y su hermano.

—¿Cómo estás? —me pregunta Juana, mirándome por el retrovisor, sin necesidad de forzar la voz por encima de la escaramuza. Se refiere a cómo me siento en general, más allá del día de hoy.

—Bien… bien.

Por el gesto en el espejo, adivino que, para ella, también sigue siendo difícil continuar con la vida. No puede disimular la nostalgia cuando lo mira a Juampi.

—Hoy van a ayudarla a mamá con la presentación, ¿no es cierto?

—Sí, abuela.

El calor del verano se acurruca en cada piedra. Los chicos permanecen atentos a los lagartos y las serpientes que se escurren entre los cardos.

—Mañana los voy a llevar hasta la "mina fabulosa" —promete Juana.

—¡Sí! —responden felices. Las expediciones con la abuela Juana

son la oportunidad de cosechar piedras semipreciosas en una cantera abandonada hace más de un siglo.

—Y vamos a buscar pumas, ¿no es cierto, abu?

—Claro.

Es imposible no ver a Juan en cada vuelta del camino. Es imposible no vernos juntos perdiéndonos en los senderos de la sierra, cuando nos tomábamos un respiro en el trabajo en la comunidad.

—Mamá estuvo ensayando mucho —dice Juampi, haciéndose eco de mi preocupación por alcanzar un nivel profesional.

—No tengo dudas —responde Juana.

Terminado el recorrido, viene el ritual de llegar a la casa, saludar a Panchito —descendiente de mi querido Pancho—, tomar la leche, prepararnos para el estreno de la noche...

Mientras me dispongo a calentar el cuerpo y la voz con unos ejercicios, oigo en la otra habitación:

—Abue...

—Sí, Malenita.

—¿Por qué murió papá?

Me quedo expectante detrás de la puerta. Nunca había preguntado de esa manera; siempre le alcanzaba una explicación que la dejaba triste pero inalterable en su inocencia.

Juana se queda sopesando la pregunta de su nieta, no porque la tomara por sorpresa, sino porque quiere asegurarse la amorosidad de su respuesta.

—Tu papá se enfermó por un virus que estudiaba en nuestro laboratorio cuando vos eras muy chica.

—¿Y por qué no lo curaste? Si sos médica.

—Porque, a veces, no alcanza con ser médico.

—Qué lástima. Yo quería ser como vos.

—Entiendo... pero ¿sabés una cosa? Estoy tranquila porque pudimos estar muy cerca de él, hasta el último minuto, tu mamá y yo.

—Es que yo quería ser médica para que vos, mamá y Juampi no se murieran.

—Yo te prometo que voy ayudarte a ver si eso es posible. Y si no, vamos a ver juntas qué otra cosa se puede hacer.

Cuando llega la noche, vamos todos juntos al anfiteatro, que ya está repleto de pobladores, personal, *cuidadores* y *huéspedes*. Mis hijos tienen su parte en el espectáculo: reparten entre el público el *empatizador* y explican cómo colocarlo y hacerlo funcionar.

A las ocho y media, los músicos salen a ocupar sus lugares en el escenario e inician, sin preámbulos, los tangos instrumentales. El público festeja.

Mi turno llega en sincronía con una luna roja que se asoma sobre el cerro cercano.

El director me mira; cabecea a sus compañeros; marca con el pie el ritmo y arrancan los acordes de "Volver".

Con disimulo, me retoco el cabello y enciendo un prototipo de *empatizador* —más discreto que los entregados al público— que nos hará conectar todos en una experiencia de comunión inédita y colectiva.

Aunque no se encuentre aquí para mi debut, Juan cantará conmigo cada tema. Él vive en los versos de los tangos que guardo en mi corazón.

> *Yo adivino el parpadeo*
> *de las luces que a lo lejos*
> *van marcando mi retorno…*

Agradecimientos

A Nora Álvarez, colega referente del Enfoque Centrado en la Persona, de Carl Rogers, quien puso a disposición su tiempo y su asesoría de manera lúdica y generosa.

A mi amiga de toda la vida, Virginia Gawel, quien me alienta siempre a seguir creando.

A mi editora, María Laura Ferro, por su calidez y guía firme en todo el proceso.

A mi amigo ilustrador, Javier Dubra, por saber interpretar el espíritu del libro.

A Daniela, quien me acompaña incondicionalmente.

Bibliografía

AIETA, A., y GARCÍA JIMÉNEZ, F., *Mariposita*, Crisantemo Editorial.
— y MARCOLONGO, H., *Ansias*, Crisantemo Editorial.

BERLINGIERI, O., y NEGRO, H., *Milonga que canta el aire*.

BLÁZQUEZ, E. (1974), *El corazón al sur*, Buenos Aires, Argentina, Phono Musical Argentina, S. A.
— (1970), *Sueño de barrilete*, Buenos Aires, Argentina, RCA Victor.

BRANCATTI, F., y ALONSO Y TRELLES, J. M., *Cosas de viejo*.

BUENO, C., y NEGRO, H. (1999), *Y fue Gardel nomás*.

CALÓ, M., ROGGERO, A., y DÍAZ VÉLEZ, L. (1972), *Un lugar para los dos*.

CANARO, F., y AMADORI, L. C. (1939), *Madreselva*.
— y PELAY, I. (1973), *Un jardín de ilusión*, Editorial Record.

CANET, J., y OMAR, N. (1979), *Misterio y canción*, Warner Chappell.

CASERO, A., *Piba buena*.

CASTILLO, C., y GONZÁLEZ CASTILLO, J. (1947), *El aguacero*, Montevideo, Uruguay, Editorial Do Re Mi Fa.

CLAUSI, G., CLAUSI, A., y NEGRO, H. (1990), *Y cuando te nombre*, Chopin Editorial.

DE CARO, J., y CARNELLI, M. L. (1939), *El malevo*, Warner Chappell.

DE LOS HOYOS, R., y BAYÓN HERRERA, L. (1940), *Un tropezón*, Warner Chappell.

DISCÉPOLO, E. S. (1939), *Sueño de juventud*, Warner Chappell.
— *Secreto*, Warner Chappell.
— y AMADORI, L. C. (1940), *Desencanto*, Warner Chappell.

DI VINCENZO, N., *Caos*.

DONATO, E., y PACHECO HUERGO, M. (1940), *Alas rotas*, Peer Music.
— y ROMERO, M., *Desensillá hasta que aclare*.

FINOCCHI, F., y ROSALES, R., *Al final de la tormenta*.

FRANCINI, E., y GARCÍA, J. (1941), *Camouflage*.
— y MISTRAL, M. (1951), *Una triste verdad*, Warner Chappell.
— STAMPONI, H., y CONTURSI, J. M. (1941), *Bajo un cielo de estrellas*, Warner Chappell.

FRESEDO, O., y BIANCHI, E. (1943), *Pampero*, Warner Chappell.

GARDEL, C., y LE PERA, A., *Caminito soleado*.
— *Golondrinas*.
— *Volver*.

GASSA, E., y AZNAR, A. (1979), *Un poco menos que morir*, Warner Chappell.

GÓMEZ, G., y MARCÓ, H. (1945), *Tu íntimo secreto*, Editorial Neumann Guillermo.

GUTIÉRREZ, A. (1984), *Sueño gardeliano*, Editorial Polito.

KAPLÚN, R., y SUÑÉ, J. M. (1943), *Una emoción*, Warner Chappell.

LAURENZ, P., y CONTURSI, J. M. (1938), *Vieja amiga*.

LEDESMA, N., y AVELLANEDA, L. (2008), *Sin perdón*, Universal Music.

LIPESKER, F., y BAYARDO, L. (1945), *Va llegando gente al baile*, Editorial Universal.

LIPESKER, L., y FRESEDO, O. (1964), *Solo el perfume*, Warner Chappell.

MINERVINI, L., y GARCÍA JIMÉNEZ, F. (1957), *Todas son mentiras*, Editorial Crismar.

MISE, M., y BAHR, C. (1938), *Si no me engaña el corazón*, Buenos Aires, Moisés Smolarchik Brenner.

NIJENSOHN, M., PANDOLFI, P., y MARÍN, C. (1946), *Caballo de calesita*.

PARDO, M., y FLORES, M. (1939), *Hay una virgen*, Peer Music.

PERINI, M., y CASTILLO, C. (1944), *Luna llena*, Editorial Record.

PESCE, G., y SELLES, R. (2010), *Gato con guantes*.

PIANA, S., y MANZI, H. (1940), *De tu casa a mi casa*, Warner Chappell Music.

PIAZZOLLA, A., y FERRER, H. (1971), *Canción de las venusinas*, Editorial Lagos.

PINI, M., *La piel de los besos*.

POLITO, P., y POLITO, A. (1953), *Color de rosa*.

PONTIER, A., y MARECHAL, L. (1966), *La mariposa y la muerte*, Buenos Aires, Moisés Smolarchik Brenner.

RAIGAL, M., y JUBANY, M. (2012), *La mujer de la noche larga*.

ROSSI, R., y CÁRDENAS, E. (1928), *Senda florida*.
— y PODESTÁ, A. (1930), *Como abrazado a un rencor*, Peer Music.

SANDERS, J., y CADÍCAMO, E. (1934), *Luna de arrabal*, Editorial Perrotti S. R. L.

SOLANAS, F. E., *Solo*.

STAMPONE, A., y BLÁZQUEZ, E. (1980), *Mi vida junto a vos*, Peer Music.

SUCHER, M., y CANTORAL, R. (1961), *Quiero huir de mí*, Peer Music.

TROILO, A., y CONTURSI, J. M. (1946), *Con mi perro*, Warner Chappell.

URSINI, S., y PILOSOF, N., *Argumento incierto*.

VALENTE, O., FLORES, V., y ROSSI, C. (2007), *Origen y destino*.